언 니

민정

이 책은 실제 일어났던 비극을 바탕으로 한 소설이다. 책에 등장하는 박미나 교사와 그 가족은 희생자 가족의 실제 이야기를 재구성하여 탄생한 인물들이다. 사건을 묘사하는 데 있어 다양한 자료를 참고하였으며 일부는 각색되었다.

세상은 진실로 위장한 모순으로 가득하다. '절대적' 진실이라는 것이 있을까? 누군가에게 진실인 것이 다른 이에게는 아닐 수 있다. 그런 측면에서 이 소설 역시 예외가 될 수 없을 것이다.

작가 노트

책을 썼다는 고백에 지인들이 축하를 해주며 책 주제를 묻는다.

"세월호."

대답 후에는 늘 짧은 정적이 흐른다. 익숙한 정적이다.

2014년 4월 16일, 세월호는 인천에서 제주도로 가는 중에 전복되었다. 476명의 승객과 선원 가운데 수학 여행길에 올랐던 단원고 학생 250명과 교사 11명을 포함해 총 304명이 목숨을 잃었다.

시간이 지나면서 세월호 참사는 한국 사회에서 입에 올리기 불편한 주제가 되어 버렸다. 슬픔과 애도로 하나가 되었던 나라는 좌우 진영으로 갈라졌고, 각자의 입장에 따른 다양한 루머, 미신, 심지어 음모론까지 확대 재생산되었다. 희생자들의 무사 귀환을 빌며 저마다 가슴에 달았던 노란 리본은 이제 정치적 행위로 오해를 사는 상징물이 되어버렸다.

그들의 애통한 죽음이 사회 갈등으로 번진 현실에, 희생자들을 향한 미안함과 안타까움은 날이 갈수록 깊어만 갔다. 그 무거운 마음은 어느새 글자

하나하나를 낳았고 나는 그렇게 글을 쓰고 있었다. 이 책은 오로지 비극의 아픔을 함께 나누고 희생자들의 넋을 위로하고픈 마음에서 쓰인 것으로, 특정 정파나 개인을 비난하려는 의도는 전혀 없음을 밝혀 둔다.

노란 리본이 부디 '추모'라는 본래의 색깔을 되찾기를 바라며 이 책을...
채 피어나지도 못하고 스러져버린 꽃다운 어린 학생들,
사랑하는 제자들을 구하는 데 목숨을 바친 교사들,
학생이 아니어서 주목받지 못한 일반 희생자들,
배에 남아 승객들을 탈출시켰던 승무원들,
끔찍한 현장의 기억으로 인한 트라우마로 힘든 시간을 보내고 있는 검시관들과 구조대원들,
제대로 된 구조 장비도 없이 물속에 뛰어들어 시신을 데리고 나오느라 아직도 신체적, 정신적 고통에 시달리고 있는 민간 잠수부들,
세간의 관심이 닿지 않는 곳에서 묵묵히 소임을 다하다 순직한 영웅들,
세상이 들으려 하지 않는 이야기들을 삭이며 살아가는 관계자들,
사랑하는 이를 다시 만날 그날만을 기다리며 하루하루를 버티고 있는 유가족들,
살아남은 자의 고통과 무게를 힘겹게 짊어지고 살아가는 생존자들,
그리고...
아무것도 하지 못했다는 무력감과 죄책감을 떠안게 된 우리 모두에게 바친다.

고요히 빛났던
나의 언니에게.

차례

섬

덜컹, 덜커덩. 20대 후반으로 보이는 여성이 지하철 벽에 기대어 교재 속 문제를 열심히 풀고 있다. 아까부터 윤영이 그녀를 쳐다보고 있지만 그녀는 그 시선을 느낄 새도, 신경 쓸 여유도 없어 보인다. 아마도 노량진으로 가는 것 같다. 언니가 임용고시를 준비했을 때 저런 모습이었을까?

노량진에서 겨우 몇 달에 한 번 집에 들르던 언니는 늘 큰 묵직한 책을 들고 왔었다. 금방 갈 거면서 그 무거운 걸 왜 가져왔냐고 물으면 언니는 "지하철에서 보려고."라고 답했다. 언니의 목표는 확고했다.

지하철 속도가 서서히 줄어들자, 사람들이 서둘러 가방을 메고 일어난다. 문제를 다 풀지 못한 그 여성도 펜을 끼운 채 책을 덮고는 지하철 문에 바짝 다가선다. 마치 출발선에 서는 선수처럼. "탕!" 그녀가 출발 총성이라도 들은 듯 문이 열리자마자 잽싸게 튀어 나가 계단 너머로 사라진다.

저마다 간절한 목표를 가슴에 품고 걸음을 서두르는 사람들 사이에서 윤영도 속도를 올린다. 그들에게 방해가 되어서는 안 되겠다.

2번 출구를 나와 곧장 이어지는 육교에 오른다. 온갖 시험을 위한 학원들이 붐비는 모습이 어쩐지 황량하다. 이곳은 시험이 영원히 끝나지 않는 '섬'이다.

추리닝 차림의 수험생들이, 길게 늘어선 노점들 사이를 비집고 각자의 학원, 스터디룸, 스터디 카페로 향한다. 모두들 표정 없는 얼굴로 책이나 스마트폰에 시선을 고정한 채 바쁜 걸음을 옮긴다. 그들과 부딪히지 않으려 하니 윤영도 덩달아 분주해진다.

갑자기 그녀의 손에 뭔가가 쥐어진다. 학원 전단지다. 그녀를 경찰관, 소방관으로 만들어 주겠다고 자신한다. 육교를 통해 마치 다른 세계로 건너오기라도 한 것 같다. 오로지 '합격'만을 위해 존재하는 세상.

윤영은 지금 언니 삶의 파편들을 주우러 이곳에 왔다. 그녀 가족의 삶은 너무도 급작스럽게 궤도를 이탈했다.

빌딩 외벽에 붙어 있는 커다란 무당벌레 조형물이 그녀를 멈춰 세운다.

"웬 무당벌레? 그게 건물에 왜 있어?"

윤영이 의아해했다.

"그러게, 무당벌레가 행운의 상징인가?"

언니가 씩 웃으며 말을 이었다.

"여기, 아침 5시만 되면 사람들이 강의실 맨 앞에 앉으려고 건물 밖까지 줄을 선다?"

"뒤에 앉는 게 어때서?"

윤영이 물었다.

"그치? 어차피 강의실에 TV가 다 있어서 칠판 다 잘 보이는데. 그런 거 집착하는 사람들 보면 꼭 점수 낮은 사람들이야. 난 앞에 앉는 거 싫은데.

강사 눈빛도 부담스럽고, 침도 튀고."

윤영이 상상 속의 그 긴 줄을 따라 건물 안으로 들어선다. 심장이 뻐근하리만큼 빠르게 뛴다. 엘리베이터를 지나 초록 비상등 아래 있는 무거운 철문을 민다. 언니가 그리로 따라오라 한다. 언니는 건물 엘리베이터가 작아 사람들이 다 탈 수가 없어서 자신은 계단을 이용한다고 했다. 덕분에 운동이 많이 된다고 덧붙이며 그녀 특유의 천진한 웃음을 지었었다.

계단을 올려다본다. 언니가 앞장서 올라가다 뒤돌아서 웃으며 어서 오라고 손짓한다. 언니의 발걸음은 참 가볍고 경쾌하다. 윤영이 한 계단씩 무거운 발걸음을 뗀다. 겨우 2층에 올랐을 뿐인데 벌써 숨이 가쁘다. 잠시 멈춰 서 씩씩하게 올라가는 언니의 뒷모습을 바라본다.

3년 동안 이 계단을 그렇게 열심히 올랐는데, 세상은?

분노가 치민다. 한 번에 두 계단씩 오른다. 앞의 언니처럼. 시간을 아끼느라 늘 걸음이 빨랐던 그녀였다.

5층에 도착하니 좁은 문틈 사이로 접수처가 보인다. 언제부터인가 흐르고 있던 눈물을 얼른 닦고 문을 연다. 직원들과 눈을 마주치지 않으려 재빨리 왼쪽으로 방향을 튼다.

"지정자는 보어 시퀀스를 지배하는 노드의 자매이며, 다음으로 표시됩니다."

강의실 스피커에서 이해할 엄두조차 나지 않는 말들이 흘러나온다. 언니가 얘기했듯 한국의 영어 선생들이 정작 영어로 대화는 잘 못하는 이

유가 바로 이것 때문은 아닐까 하는 생각이 강하게 스친다.

"뭐, 도와드릴까요?"

뒤에서 들려온 목소리에 윤영이 놀란다.

한 직원이 본원의 자랑스러운 강사진을 소개하는 포스터를 들고 서 있다.

"아, 그냥 둘러보고 있어요."

"네, 궁금하신 거 있으시면 말씀하세요."

윤영이 어색하게 고개를 끄덕인다.

직원이 사라지자, 문에 난 작은 창을 통해 강의실 안을 들여다본다. 200명은 넘어 보이는 학생들이 강의에 열중하고 있다. 언니는 아마 뒤쪽에 앉았을 것 같다. 벽 쪽에 앉고 싶어 했겠지만 자신이 자리에서 일어날 때마다 옆의 사람들도 같이 움직여야 하는 게 미안해 뒤쪽에서도 통로 쪽에 앉았을 것이다. 바짝 붙어있는 사람들 틈에 끼어 잔뜩 움츠리고 필기하는 언니의 모습이 보인다.

"남자친구랑도 그렇게 가까인 안 앉을 것 같아."

언니가 말했다. 그러곤 윤영이 놀릴 걸 알고 재빨리 덧붙였다.

"생기면."

"학원은 수강생이 많을수록 좋으니까."

윤영이 말했다.

"아니, 밥 먹고 와서 자리에 앉으면 자꾸 속에서 공기가 나오는데 너무 가까이 있으니까 진짜 신경 쓰여."

"트림 말하는 거지?"

"트림이 아니야. 소리도 안 나고 그냥 공기야."

"그게 트림이야."

언니가 윤영의 말에 아무 대꾸 없이 말을 이었다.

"공기가 나오면 그 숨을 한참 참았다가 뱉는데 이것 때문에 집중이 안 돼."

"왜? 냄새날까 봐? 안 날걸. 쓸데없이 걱정하는 것 같은데."

"아냐, 냄새나는 것 같아. 옆에 사람들이 꼭 조금씩 움직이는 것 같아. 하아, 짜증나."

"병원 가 봐, 그럼."

언니는 늘 솔직했다.

의사는 그녀가 하루 종일 책상에 앉아 있어서 그렇다며 중간중간 일어나서 좀 움직이라고 했다. 공부 시간이 절대적으로 중요한 언니에게는 하나 마나 한 처방이었다. 그녀의 또 다른 문제로 딱딱하게 굳어 가려운 팔꿈치도 있었다. 병원에서는 건선이라며 팔꿈치 아래에 쿠션을 대서 책상과의 마찰을 줄이라고 했다.

윤영은 언니가 이 세상에서 완전히 사라지고 나서야 비로소 그녀가 의사 말을 따랐는지, 본인의 건강을 위해 어떤 노력이라도 했는지 궁금해한다.

학원에서 나와 핸드폰 GPS 화살표를 따라 언니가 지냈던 고시원으로 향한다. 길이 쉽다. 좁은 골목으로 들어가 언덕을 오르니 바로 "파이팅"

이라고 적힌 간판이 보인다. 글자 바로 옆에는 남자 아이 캐릭터가 마치 시험에 합격한 것처럼 두 손을 번쩍 들어 세상 환한 웃음을 짓고 있다.

간판 뒤 메마른 황토빛 건물이 그녀를 빤히 쳐다본다. 건물에 박힌 옹색하고 초라한 창문들이 마치 거대한 닭장 같다.

여기가 언니의 꽃 같은 청춘이 다 한 곳인가? 시간이 거꾸로 흘러 언니가 지금 저 안에서 공부하고 있다면....

언니가 늘 들떠 말하던 시간여행이라는 것을 잠시 생각한다.

건물로 들어가 신발을 벗는다. 맨발이 차가운 바닥에 닿자 날카로운 통증이 윤영의 심장에 꽂힌다.

소녀가 사무실 안에서 책을 보다 고개를 든다.

"안녕하세요, 어떻게 오셨어요?"

"아... 한 번 둘러보러 왔어요."

"아, 잠시만요."

소녀가 펜을 내려놓고 사무실을 나와 문을 잠근다.

"이쪽이에요."

소녀가 능숙하게 윤영을 안으로 안내한다. 아마도 어떤 시험 준비를 하면서 아르바이트를 하고 있는 중인가 보다.

그녀를 따라가는 윤영의 마음이 복잡하다. 복도에 줄줄이 늘어선 방마다 언니가 문손잡이를 잡고 있다.

앞서가던 소녀가 멈춰 돌아선다.

"이사 날짜는 언제세요?"

"어, 이번 달이요."

거짓말.

"좋네요."

소녀의 걸음이 빨라진다. 그녀도 언니처럼 시간을 아끼려고 빨리 걷는 걸까? 아마도 언니의 방이 입구에서 멀지 않았을 것 같다는 생각이 든다. 언니가 입구를 드나드는 사람들의 발소리와 옆방 문 닫는 소리가 계속 신경 쓰인다고 얘기한 적이 있었다. 그래서 어느 날 언니는 큰 용기를 내어 옆방 문에 쪽지를 붙였다고 했다. "안녕하세요, 저는 옆방에 살고 있는 사람입니다. 벽이 얇아서 문 닫는 소리가 크게 들려서요. 조금만 조심히 닫아 주시면 감사드리겠습니다." 가장 중요한 "시험 합격하세요."라는 말도 잊지 않았다 했다.

독서실에서 다른 사람들 책상에 아무렇지 않게 붙인다는 메모 내용은 언니 이야기를 들어보니 무척 놀라웠다. "발소리 조심해 주세요.", "책 좀 조용히 넘겨주세요.", "당신만 여기서 공부하는 게 아닙니다.", "매일 책상에서 뭐 드시는 거예요?", "다른 곳에서 주무세요.", "이어폰 소리 다 들려요."….

언니는 자신이 이런 쪽지를 처음 받았을 땐 소름이 돋았지만, 결국 자신도 이런 쪽지를 건네는 사람이 되는 데는 그리 오래 걸리지 않았다고 했다.

윤영의 시선이 나란히 붙어 있는 두 개의 문에 멈춘다. 왠지 둘 중 하나는 언니의 방이었을지도 모른다는 생각에 손이 한쪽 손잡이로 가 얹힌다.

소녀가 그녀의 움직임을 알아차리기라도 한 듯 갑자기 뒤를 돈다.

"엇, 그 방은 누가 쓰고 있어요."

"아, 네."

윤영도 자신의 행동에 놀라며 손을 뗀다. 그냥 한번 만져보고 싶었나 보다.

문을 몇 개 더 지나더니 소녀가 드디어 한 손잡이에 열쇠를 꽂고 이리 저리 돌린다.

"여기요. 이 방은 비어 있어요."

소녀가 처음으로 미소를 짓는다.

방 안에 겨우 한 발 들였을 뿐인데 숨이 콱 막힌다. 살면서 이렇게 작은 방은 본 적이 없다. 신기한 건 수험생이 갖추어야 할 최소한의 것들은 다 있다. 선반 역할을 하는 것으로 보이는, 벽에 붙은 긴 합판, 너비가 고작 그 합판의 두 배인 침대, 그리고 책상이 있다.

"이 방엔 창문도 있어요."

이곳에서는 창문이 사치인가 보다.

"옷은 여기에 거시면 돼요."

그녀가 문 뒤 좁은 붙박이 옷장을 가리킨다.

"괜찮죠? 이게 마지막 방이에요."

괜찮죠? 자신이 맞게 들었나 싶다.

"화장실은 없나 보네요?"

"이 고시원에 화장실 있는 방은 없어요. 그래서 가격이 싼 거예요. 개인

화장실을 원하시면 최근에 지은 50만 원대 고시원에 가 보셔야 할 거예요."

"여긴 얼마예요?"

"27만 원이요."

소녀가 가격에 자신 있다는 듯 대답한다.

"아... 공용 화장실 좀 볼 수 있나요?"

정말 방을 구하기라도 하는 것 같다. 언니가 살았던 곳을 지금 본다고
해서 그녀의 지난 삶이 달라지지도 않는데.

"네, 바로 앞에 있어요. 이쪽이에요."

소녀가 모퉁이를 돌아 복도 끝에서 멈춰 선다.

"여기가 화장실이에요."

소녀가 문손잡이를 돌린다.

윤영이 고개를 안으로 집어넣는다. 접이식 문 뒤에서 기계 돌아가는
소리가 들린다.

"무슨 소리예요?"

"아, 세탁기예요."

그래, 여기도 사람 사는 집이지.

윤영이 안으로 들어가 허름한 두 개의 문 중 하나를 조심스레 민다. "삐
걱." 다행히 쪼그려 앉는 변기가 아닌 좌변기다. 그래도 깨끗하고 깔끔한
것을 좋아하는 언니는 눈살을 찌푸렸을 것이다. 적어도 딸이 어떤 데 살
고 있는지 보고 싶어 하는 엄마, 아빠를 한사코 못 오게 했던 이유가 아마
이런 것이 아니었을까 싶다. 언니는 방 크기 빼고는 다 괜찮다고 했었다.

차라리 자신이 고시원을 잘못 찾아온 거면 좋겠다. 언니가 이곳에서 몇 년을 살았다는 게 받아들이기가 힘들다.

화장실 좀약 냄새에서 빠져나와 다시 소녀를 따라간다.

"여기 통금 시간이 있나요?"

언니가 통금 시간을 언급한 게 생각났다.

"네, 맞아요. 밤 12시에 문을 닫아요. 이 고시원에만 있는 거예요."

소녀는 이 고시원이 정말 자랑스러운가 보다.

"12시가 지나면 못 들어오나요?"

"네."

"통금 시간이 왜 있는 거예요?"

요즘 같은 시대에 극히 보수적인 집이나 군대도 아닌 곳에 그런 것이 있다는 게 정말 의아하다.

"모두가 좋은 거죠. 자기 관리도 되고, 늦게 들어오는 사람들 소리에 방해받지도 않구요."

"샤워는 할 수 있나요?"

질문을 다시 한다.

"샤워실이 있나요?"

"네, 그럼요."

소녀가 밝게 대답하며 그녀를 지하로 데려간다. 누군가 샤워를 하고 있는 듯하다.

"아, 괜찮아요. 안 봐도 돼요."

자신의 미적지근한 반응이 되레 소녀에게 실망만 안겨줄 수 있어 이곳 '조사'는 그만하기로 한다.

소녀가 총 여섯 개의 샤워부스가 있다고 말하며 다시 1층으로 올라간다.

"창문 있는 방은 빨리 나가니까 마음에 드시면 서두르셔야 돼요."

"아, 네."

귀한 시간을 내준 소녀에게 감사 인사를 하고 마침내 탈출한다. 미로 같은 건물을.

깊은 한숨이 밀려나온다. 머릿속에 수많은 생각들이 차오르며 오히려 길을 더 잃은 느낌이다. 고시원이 조금만 더 좋았더라면 달랐을까?

대로로 이어지는 가파른 내리막길을 터덜터덜 내려간다.

뜬금없이 63빌딩이 보인다. 저건 서울을 대표하는 랜드마크가 아닌가? 서울에 처음 오는 이들에겐 절대 빼놓을 수 없는 관광 명소. 윤영의 가족도 15년 전 시골 할머니와 할아버지를 모시고 저 빌딩 안에 있는 수족관에 간 적이 있다. 한강 옆에서 황금빛으로 빛나던 그 경이롭던 빌딩이 지금 그녀가 서 있는 곳에선 윤기 하나 없이 너무도 볼품없어 보인다.

"나 서울 세계불꽃축제 봤다?"

전화기 너머 언니의 목소리 톤이 모처럼 높았다.

"누구랑 갔어?"

"누구랑 가긴, 고시원 옥상에서 봤지. 여기서 한강이 다 보이더라고! 사람들 그거 본다고 차 엄청 막혀서 가는데, 난 너무 편하게 봤지. 근데 아

래서 봤으면 더 멋졌을 것 같긴 해. 그거 알아? 여기선 모든 게, 심지어 63
빌딩도 되게 별로로 보여."

"63빌딩이 보여, 거기서?"

"응, 이 우울한 곳에서 그게 보이니까 이상해. 나, 학원에 유리 엘리베
이터가 있는데,"

언니가 키득 웃었다.

"그거 타고 올라갈 때마다 내년엔 여기 절대 안 있고 저 63빌딩 꼭대기
에 있는 레스토랑에서 데이트할 거라고 다짐한다?"

"자, 어서 오세요!"

노점상 아저씨가 소시지에 빨간 소스를 뿌려 볶아가며 외친다. 옆에는
그의 아내인 듯한 아주머니가 계란 후라이를 해서 철판 한쪽에 쉴 새 없
이 쌓아 놓는다. 맞은편에는 수험생들이 일회용 종이그릇에 담긴 갖가지
재료들을 야무지게 비벼 입에 넣고 있다.

거리엔 팬케이크, 핫도그, 쌀국수, 닭꼬치, 죽... 없는 게 없이 다 있다.
언니가 이곳에 있었을 때 밥 한 끼 함께 하지 않았다는 뒤늦은 후회가 울
컥 밀려온다.

뭐라도 먹어야 할 것 같다. 또 가 볼 데가 있으니 힘을 내야 한다.

"'돼지고기+스팸' 주세요."

가장 기본으로 보이는 것을 주문한다.

20여 가지의 다양한 조합의 메뉴, 가격은 2,000원부터 시작한다. 이보

다 더 싸고 알찬 메뉴는 없을 것이다. 재료도 이미 다 조리되어 있어 음식이 나오는 데 채 1분도 안 걸린다. 늘 시간이 부족한 이곳 수험생들에게는 더할 나위 없는 메뉴인 것 같다.

먹는다고 먹는데 음식이 줄지를 않는다. 옆에서 함께 먹고 있는 이들을 보니 그들이 과연 먹는 행위를 즐기기는 하는 건지 아니면 그저 공부를 위해 빨리 처리해야 할 일을 하는 건지 모르겠다.

입맛이 없다. 사람들이 오가는 길 한복판에서 먹고 있어서인지, 뒤에 사람들이 기다려서인지. 언니는 매번 이렇게 끼니를 때웠던 걸까?

"왜 이렇게 많이 남겼어요?"

주인아저씨가 돈을 받으며 윤영의 그릇을 흘깃 본다.

"한국인한테는 밥이 보약이에요! 잘 먹어야 돼."

옆에서 요리하던 아주머니가 그녀를 수험생으로 알고 격려의 말을 덧붙인다.

"배불러서요. 잘 먹었습니다."

윤영이 기다리고 있는 뒷사람에게 얼른 자리를 내준다.

그녀의 느리고 힘없는 걸음이 답답한 듯 사람들이 빠르게 그녀를 지나친다. 대부분 세상 편해 보이는 추리닝 바지에 슬리퍼 아니면 운동화를 신고 있다. 모자를 푹 눌러쓴 사람들도 많다. 언니는 긴 머리를 돌돌 말아 올려 연필로 대충 찔러 넣고 이 거리를 누볐을 거다. 모자를 쓰면 두통이 생기는 그녀였다. 이 거리는 알았을까? 언니의 활기찬 발걸음이, 그녀 삶의 파편을 애절하게 찾아다니는 동생의 축 처진 발걸음으로 덮일 것을.

북적대는 거리가 황량하다. 세상은 어처구니없는 실수로 언니를 이 세상에서 송두리째 뽑아버렸다. 그녀가 없는데도 세상은 야멸차게 잘만 돌아간다.

윤영의 앞으로 한 청년이 유유히 오락실로 들어간다. 그리고 자연스럽게 코인 노래방 부스의 문을 연다. 밝은 대낮에 그러기엔 큰 용기가 필요할 것 같다. 곧 천장에 달린 미러볼이 돌아간다. 무지갯빛 조명이 황량한 거리로 새어 나온다.

"친구들은 만나?"

윤영이 언니에게 물었다.

"음, 스트레스는 뭘로 푸냐는 거지?"

언니가 히죽 웃으며 말을 이었다.

"코인 노래방! 토요일에 점심 먹고 고시원 가는 길에 거기 들리는 게 내 루틴이야."

"노래방? 혼자? 안 챙피해?"

"여기선 챙피한 게 없어. 아무도 사람들이 뭐라고 생각하는지 신경 쓸 여유가 없어. 혼자 소주에 삼겹살 구워 먹는 사람도 있는데 뭐."

"헉... 진짜? 언니는 안 그러지?"

"아직은."

윤영은 갑자기 언니가 걱정됐다.

"여기 코인 노래방 얼만지 알아? 4곡에 1,000원!"

"흠... 노는 것도 효율적이네. 거기서 빨리 탈출하길 바래."

언니가 산 세상은 정말 달랐다.

병원까지 얼마나 남았는지 핸드폰을 확인한다. 수험생들의 편의를 극대화하기 위해 들어찬 상점들의 종류와 그 수가 놀랍다. 일상생활에 필요한 모든 것이 도보 10분 이내 거리에 있는 것 같다. 가장 부지런한 사람들이 가장 움직일 필요가 적은 동네에 사는 것이 아이러니하다. 꽤 많은 헬스장이 있는 걸 보니 이들은 바쁜 일정 속에서도 건강까지 철저히 챙기나 보다. 하긴 체력이 그들의 서바이벌 게임에서 가장 중요한 요소이긴 할 것이다. 아빠도 언니에게 긴 싸움을 위해 매일 아침을 운동으로 시작하라고 조언했었다. 언니가 헬스장에 등록한 것은 아는데 꾸준히 다녔는지는 모르겠다. 수험생들의 경추와 척추를 책임지겠다는 한의원도 제법 있다. 이곳은 오직 시험 합격이라는 목표 하나만을 위해 세워진 거대한 제국 같다.

식사를 마친 사람들이 "테이크아웃 1,000원"이라고 써 붙인 카페들로 향한다. 가격이 스타벅스의 4분의 1이다. 그들에게 커피는 매우 중요한 연료일 것이다. 방금 컵밥을 먹은 윤영도 입가심을 하기 위해 카페로 들어간다. 언니도 그녀도 좋아하는 아이스 아메리카노를 주문한다.

테이블에 옹기종기 모인 한 스터디 그룹이 눈에 들어온다. 각자 외운 영어 단어들을 서로 체크하고 있다.

"'validate'?"

"아, 뭐더라? 그만하다?"

"아니, '입증하다'야. 다음은 'revival'?"

그들 앞에 놓인 책 표지에는 "소방공무원 영어"라고 쓰여 있다.

소방관이 왜 이 어려운 영어 단어를 알아야 할까? 소방서에서 영어 쓸 일이 있을까? 시험은 단지 살아보겠다고 아등바등하는 자들을 떨어뜨리기만을 위한 수단인 것만 같다. 이것이 과연 공정한 선발을 위한 최선의 방법일까?

윤영도 다른 이들처럼 커피를 들고 걷는다. 연습했던 말을 머릿속에 다시 떠올린다.

'안녕하세요, 부탁드릴 게 있는데... 있습니다. 본인이 아니면 의료 기록을 보여줄 수 없다는 건 아는데, 가족이, 제 언니가 작년에 사망했는데 알고 싶은 게 있어서요. 제가 동생인 걸 증명하기 위해 가족관계증명서도 가져왔습니다. 도와주시면 감사하겠습니다.'

가방에 손을 넣어 그 봉투를 벌써 세 번째 만져 확인한다. 발걸음을 조금 서둘러본다. 붉은 기가 하늘에 스미는 걸 보니 곧 있으면 해가 지겠다.

'안녕하세요, 큰 부탁을 드리러 왔습니다.... 말씀해 주시면 감사하겠습니다.'

드디어 병원이 있는 건물에 도착한다. "김밥 천국", "오케이 부동산", "오빠와 치맥"... 그리고 "연세 정신건강의학과". 어지럽게 흩어진 간판들이 마음을 더 심란하게 한다. 계단을 따라 2층에 올라 처음 정신병원을 방문하는 여느 사람처럼 조심스럽게 문을 연다.

"안녕하세요."

차분한 목소리가 그녀를 맞이한다.

출입문에 달린 풍경이 울렸지만 진료 대기자들 중 누구 하나 고개를 들지 않는다. 이곳에 있다는 것이 창피해서인지, 아니면 언니가 말했듯 남들에게 신경 쓸 여유가 없어서인지. 겉만 봐서는 이들이 왜 이곳에 있는지 잘 모르겠다. 하긴, 언니가 여기 올 줄도 전혀 몰랐다.

"처음 오시는 거세요?"

간호사가 묻는다.

"네."

"그럼 여기에 성함과 주민등록번호, 연락처 적어주세요."

종이에 언니의 인적 사항을 적을지 자신의 것을 적을지 잠시 망설이다 자신의 것을 적는다.

"잠시 앉아 계세요."

간호사가 기계적으로 컴퓨터에 내용을 입력한다.

등받이 없는 긴 의자가 세 줄인데 대기자들이 한 줄에 한 명씩 앉아 있어서 앉을 데가 없다. 코너에 있는 의자를 발견하고 그리로 가 앉는다. 바로 옆 미니 테이블 위에 원장의 연세대학교 대학원 학위증이 자랑스럽게 놓여 있다. 문득 이 동네에서 몇 년을 보내면 여기 앉게 되는지 궁금해진다.

"황진성 님!"

안경 쓴 학생이 진료실로 들어간다. 이 동네에서 정신과 의사하기는 아주 쉬울 것 같다. "시험이 전부가 아닙니다."와 같은 조언이나 해주고, 옆의 약국은 항우울제나 잔뜩 준비해 놓으면 되는 것 아닌가?

"신현주 님!"

다른 이름이 호명되는 데 그리 오래 걸리지 않는다.

아마도 이전 환자는 단순히 약 처방 때문에 왔나 보다. 그가 진료실에서 나와 진료비를 묻지도 않고 바로 신용카드를 건넨다.

이렇게까지 하는데도 합격을 못 하면 어쩌나 괜스레 그가 걱정된다. 40명 중 한 명만이 공시에 합격하는 것을 고려할 때 여기 있는 이 세 사람의 합격 가능성은 매우 희박해 보인다. 그들이 120명 중 정말 운 좋은 대단한 세 명이 아닌 이상. 그들에게 동정심이 인다. 어느 한 수험생이 합격자 명단이 발표도 되기 전에 떨어질 것 같은 생각에 자살을 했다는 뉴스를 본 게 생각난다. 9년 연속 공무원 시험에 낙방한 아들이 목을 매 자살했다며 통곡하던 TV 속 노모의 모습도 잊혀지지가 않는다.

"박윤영 님!"

윤영이 살며시 문을 밀고 들어간다.

"안녕하세요."

의사가 그녀를 맞이한다. 앞 환자의 처방전을 마무리하느라 시선은 아직 모니터에 머물러 있다.

"안녕하세요."

윤영이 그의 맞은편에 앉는다.

그가 곧 키보드에서 손을 뗀다.

"어떤 게 불편하실까요?"

평온한 목소리다.

"...."

갑자기 준비해 두었던 말들이 머릿속에서 달아난다. 꼭 말하는 법을 잊어버린 것처럼 입이 아예 떨어지질 않는다.

"... 으흠."

목구멍을 막고 있는 그 무언가를 제거해 보려 한다.

이내 말 대신 울음이 터져 버린다.

의사의 펜이 바삐 움직인다.

눈물을 닦는다.

뭐야, 울지 마...!

당혹스럽다.

그만 울어!

소용이 없다.

윤영이 일어난다.

진짜...??

"죄송해요."

"가시는 거예요?"

보지 않아도 그의 눈이 휘둥그레졌음을 안다.

"다시 오시겠어요, 그럼?"

여전히 말이 안 나온다. 눈물을 그치지 못하는 자신이 원망스럽다. 이

대로 떠나면 안 된다. 겨우 마음을 가다듬고 다시 앉는다. 책상 위 티슈를 뽑아 눈을 꾹 누른다. 의사가 그녀를 기다린다.

훌쩍거리며 간신히 입을 뗀다.

"이름은 박미나예요."

아무 맥락 없이 튀어나온 첫 마디가 당황스럽다.

"여기 박윤영 씨라고 돼 있는데요?"

"네, 제가 박윤영이긴 한데, 언니 때문에 왔어요. 언니 이름이 박미나 예요."

"죄송합니다. 환자가 직접 오셔야 됩니다. 왜 언니가 직접 오시지 않구요?"

"...."

제발 좀 그만 울라고 자신을 다그친다.

"안산에서 왔어요.... 언니가 여기 몇 번 온 걸로 알아요. 단원고, 교사 였어요."

북받치는 울음을 꾸역꾸역 밀어넣느라 마치 딸꾹질을 하듯 띄엄띄엄 이어지는 말들이 그나마도 뒤엉킨다.

"무슨... 말씀이신지...?"

윤영 못지않게 의사도 당황한 얼굴이다.

"혹시... 그...."

그가 질문 하나에 애를 쓴다.

윤영이 침묵으로 답한다.

"언니분이... 거기... 탔었나요?"

고개를 끄덕인다. 안산, 세월호, 단원고, 다 같은 말이 돼버렸다.

"아직도 배에 있어요."

그의 당혹스러움이 충격으로 변한다. 어찌할 바를 몰라 연신 미안한 표정이다.

"부탁을 드리러 왔어요."

떨리는 목소리로 마침내 하려고 했던 말을 한다.

"언니가 어땠는지 알고 싶어서요.... 늦었지만요."

언니가 어땠냐고? 동생으로서 할 말인가 하는 죄책감과 창피함에 바로 말을 고친다.

"언니가 겪었던 일들을 알고 싶어서요."

정적이 맴돈다.

윤영이 가방에서 가족관계증명서를 꺼내 의사에게 내민다.

의사가 서류를 살피다 고개를 들어 묻는다.

"언니가 여기 온 건 어떻게 아셨어요?"

"약 봉투 보고요...."

온 나라를 충격과 분노에 빠뜨린 비극의 유가족 앞에서 그가 어떡해야 할지를 모르는 것 같다.

그가 컴퓨터에 '박미나', 언니 이름을 입력한다. 시계 초침 소리가 진료실을 가득 채운다.

"잠시만요."

그가 한숨을 내쉬며 나간다.

좁은 문틈으로 그와 간호사의 대화가 아득하게 들려온다. 그가 곧 차트를 들고 돌아온다.

"하아... 이분...."

그가 의자에 털썩 앉는다.

"이분이 언니세요?"

더 무슨 말을 해야 할지 몰라 한다.

"정말... 죄송합니다."

윤영은 눈물만 닦는다.

"언니분이 여기 왜 왔는지 아세요?"

의사가 마음을 정리하고 질문한다.

"네, 알아요.... 서류, 봤어요."

그가 머뭇거리다 말을 잇는다.

"언니분이 가족의, 비밀이라고 했어요. 그, 죄책감 때문에 많이 힘들어했던 것 같아요... 오랫동안."

그가 이미 시작한 말을 잠시 후회하는 듯하더니 내쳐 말한다.

"언니분 말로는, 동생이 자기 때문에...."

죄책감....

고독히 책상에 앉은 언니 곁에 언제나 집요하게 들러붙던 그 짙은 어둠. 일분일초가 아까운 시간을 쪼개 언니가 이곳을 방문하기까지 어떻게 그 죄책감에 굴복할 수밖에 없었는지를 생각하니 가슴에 뻐근한 통증이 인다.

의사가 윤영을 섬세하게 읽어낸다.

"자매 맞네요."

그가 머그잔 물을 한 모금 마신다.

"언니분도 여기 처음 왔을 때 아무 말도 안 하고 그냥 우셨어요. 그러고 몇 달 있다가 다시 오셨구요."

그랬어...?

통증이 목구멍까지 올라온다.

"언니분이 말씀하시길...."

그가 차트를 잠깐 훑어본다.

"수?"

"네...."

최근에서야 존재를 알게 된 여동생 이름을 듣고 고개를 끄덕인다.

"그만해야 될 것 같네요."

눈물이 멈추지 않는 윤영을 보고 의사가 말한다.

"아니에요, 괜찮아요. 말씀해 주세요."

그가 긴 숨을 내쉰다.

"자신이 잘 살고 있다는 게 힘들다고 하더라구요. 정확히 무슨 일이 있었는지는 잘 몰라요, 얘기를 안 하셔서...."

당장이라도 언니를 와락 안아 주며 그녀의 잘못이 아니라고 말해주고 싶다.

그가 차트의 날짜를 센다.

"여기, 여섯 번 오셨네요. 우울증은 오래될수록 치료가 힘들어요. 이 동네서 공부만 하고 지내면 특히 더 힘들죠."

고개를 푹 숙인 윤영을 살핀다.

"제가 괜한 말씀을 드린 건 아닌지 모르겠네요. 저도 아는 것이, 많진 않습니다."

윤영이 고개를 젓는다.

"많이 힘드시겠지만... 그래도 윤영님 자신도 돌보셨으면 해요.... 언니 분도 그렇게 하시는 걸 보고 싶어 하실 거예요. 도움 필요하시면 상담 센터나 아니면 저한테 언제든지 오세요. 언니분 일은 정말 유감입니다.... 언니분이 꼭 돌아오시길 기도할게요."

"감사합니다...."

윤영이 일어나며 고개를 숙인다.

그도 깊게 고개를 숙인다.

젖은 티슈를 꼭 쥐고 수납 창구 앞에서 간호사의 호명을 기다린다. 간호사가 의사의 처방전을 기다리다 진료실로 들어간다. 얼마 지나지 않아 밖으로 나오며 미소를 짓는다.

"그냥 가시면 된다고 하시네요."

윤영이 힘겨운 미소로 고개를 숙인다.

안산으로 돌아가는 버스 안, 창밖의 일렁이는 불빛들이 축 처진 그녀를 감싼다.

의사의 말이 머릿속에 맴돈다.

"언니분이 안경을 쓰나요?"

그가 바로 말을 수정했다.

"안경을 썼었나요?"

뜬금없는 안경 이야기에 윤영이 물었다.

"안경이요? 네, 언제부턴가 자주 썼어요. 시력 보호용이라고."

"흠, 시력 보호는 아니고... 계속 그 기분이 들었나 보네요."

"무슨 말씀이세요?"

"눈이 슬퍼 보인다는 말을 어디서 들었나 봐요. 안경을 써보고 싶다고 하더라고요. 눈을 가리고 싶다고...."

언니가 그런 이유로 안경을 썼다는 걸 윤영은 전혀 알 리 없었다.

눈을 꽉 구긴다. 눈물이 주르륵 흐른다.

바보...!

증명서
2개월 전

또 하루다. 모두가 익사하게 내팽개쳐진 것에 대한 치솟는 분노를 다스리느라 한참 동안 일어나지를 못하고 있다. 이럴 때 그녀를 침대에서 끌어내는 뭔가가 있어야 하는데 오늘은 아빠의 전화다. 가족관계증명서가 들어있는 서류봉투를 서울로 가져다 달라고 한다. 그들이 유가족임을 또 증명해야 하나 보다.

진도에서 부모들이 아이들을 기다리고 있을 때에도 당국이 가족관계증명서를 가져오라고 했었다. 이 늦은 밤에 그걸 어디에서 떼느냐고 그들이 분노하자 정부 관계자들은 근처 두 개의 큰 병원에 24시간 민원 서비스 센터가 있다고 했다. 아빠는 혹시나 하는 마음에 발급받은 증명서를 손에 꼭 쥐고 신원 미상의 시신을 찾아 병원들을 다 뒤지고 다녔다.

서울로 가기 위해 320번 버스에 오른다. 안산에서 두 시간 정도 걸린다. 늘 버스만 타면 바로 단잠에 빠지던 그녀가 온 가족의 삶이 침몰해 버린 그날 이후로는 한순간도 눈을 붙이질 못한다. 마치 의자에 손과 발이 꽁꽁 묶여 뛰어내릴 수조차 없는 지옥행 열차를 탄 것만 같다. 갑갑한 안전벨트를 풀고 서류봉투를 무릎 위에 올려놓는다. 언니가 아직도 집으로 돌아오질 못하고 있는데 자신은 숨만 잘 쉰다는 죄의식이 또 고개를 치켜든다. 동생 자격이 있냐고 그녀에게 묻는다.

여의도에 내려 광화문 광장으로 가는 버스로 갈아탄다. 유가족들이 그곳에 모여 참사의 독립적인 수사를 요구하는 시위를 하고 있다. 버스 차선 옆으로 제쳐지는 차들의 끝없는 행렬을 보니 자가용을 몰려는 사람들의 의지가 경이롭다.

대부분의 사람들이 광화문역에서 내린다. 커피 한 잔씩을 들고 유쾌한 수다 삼매경에 빠진 회사원들 사이를 헤집고 들어간다. 그들의 목에 걸린 사원증에 반사되는 햇빛이 눈 부시다. 자신과 너무도 다른 삶을 살고 있는 그들을 보니 부러움 섞인 반감 같은 것이 불쑥 치고 올라온다.

횡단보도 신호를 기다리는 동안 봉투 안에서 가족관계증명서를 꺼낸다. 언니를 되찾는 데 필요하다고 했던, 진도에서 보여줄 기회조차 없었던.

"갑시다."

뒤에서 들려온 소리에 놀라 재빨리 봉투에 다시 넣는다.

뭐...? 사망?

눈을 의심한다. 방금 서류에 있었던 그 단어가 사망이 맞았었나? 길을 다 건너서 다시 꺼내려 한다.

"윤영!"

앙상한 팔 하나가 인파 속에서 번쩍 올라간다.

"어, 아빠."

서류에서 손을 뗀다.

구겨진 반팔 셔츠가 그의 어깨에 헐겁게 걸쳐 있다.

"얼굴이 안 좋아 보이는데. 괜찮아?"

그가 묻는다.

"아빠, 그건 내가 할 말이지...."

그가 희미한 미소를 지으며 봉투를 건네받는다. 광장에 세워진 텐트로 그녀를 데려간다. 텐트 입구에 걸린 현수막에 희생자들의 얼굴이 모자이크처럼 가득 펼쳐져 있다.

윤영이 조심스럽게 텐트 안으로 들어간다. 부모들이 저마다 아무 물건이나 손에 들고 부채질을 하며 텐트 안 뜨거운 공기만 이리저리 휘젓고 있다. 진도에서 그 고문의 날들 이후 그들을 처음 본다. 진상 규명을 해달라고 아빠들뿐만 아니라 엄마들도 삭발을 했다.

"제 딸입니다."

아빠가 윤영을 부모들에게 소개한다.

사그라드는 불씨 같던 그들의 눈이 잠깐 반짝 빛난다.

"아, 안녕하세요."

"딸이 예쁘네요."

"아... 이 아가씨 기억나요."

윤영도 고개 숙여 인사한다.

"안녕하세요, 오랜만에 봬요. 제가 도와드릴 일이 있을까요?"

이 질문을 인제서야 하다니 죄송한 마음이다.

"걱정 마요, 자식들은 각자 자기 삶을 살아야죠. 이 일은 부모인 우리가 해야 돼요."

그녀의 죄책감을 충분히 헤아리고 있는 것 같다.

"저기 청원서에 서명 받고 있는 애들이 우리 애들이에요."

한 엄마가 텐트 밖 젊은이들을 가리킨다.

"윤영아, 너도 가서 도와라."

아빠가 말한다.

"아, 네."

고개를 살짝 숙여 인사를 하고 거리로 나간다. 그들 앞에 너무 늦게 나타나는 것 같아 마음이 무겁다.

"안녕하세요. 저희는 세월호 희생자 학생들의 형제자매들입니다."

그들이 윤영을 일반인으로 알고 말을 건넨다.

그녀가 자신도 비통한 그들 중 한 명이라고 손을 젓는다.

"저도 유가족이에요. 언니를 잃었어요."

윤영의 나이에 언니가 희생자라는 것이 혼란스러울까봐 곧 "선생님이었어요."라고 덧붙인다.

순간 그들이 할 말을 잃은 듯하다.

"아… 안녕하세요."

"늦게 와서 죄송해요…. 서명이 많이 모였나요?"

윤영이 묻는다.

"생각보다 너무 적어요."

한 청년이 서명부를 보며 답한다.

윤영의 시선이 서명부에서 청년의 팔에 맺힌 땀방울로 옮겨간다. 오는 길에 시원한 음료수라도 사 올 생각을 왜 못했나 싶다.

"저희가 희생자들과 어떤 관계인지를 보여주는 명찰을 달고 있으면 어떨까요? 그러면 사람들이 더 관심을 가질 수도 있을 것 같아요. '미나의 동생' 이렇게요. 아... 제 언니 이름이에요."

"좋은 생각인 것 같아요! 우릴 알바생으로 생각할 수도 있을 것 같아요."

조금이나마 도움이 된 것 같아 다행이다.

"언니분이... 박미나 선생님이신가요?"

한 소녀가 눈이 동그래져 묻는다.

윤영이 고개를 끄덕인다.

금세 소녀의 눈에 눈물이 찬다.

"제 여동생이... 박미나 선생님 반이었어요."

심장이 묵직하게 눌린다.

"동생... 찾으셨나요...?"

"7개월 지나서요. 동생 생일날 발견됐어요...."

"생일에요?"

"10월 29일에요. 세상에 온 날...."

믿기 어려운 일이다. 혹시 언니가 엄마한테 가라고 그 아이를 밀어낸 건 아닌지.

"정말 선물이었네요, 가족한테."

옆에 있던 소녀가 부러운 듯 말한다.

순간 '선물'이라는 단어가 모두에게 비통한, 복잡한 감정을 불러일으킨다.

"2반에서는 몇 명 돌아왔어요?"

"11명이요."

윤영이 말한다.

"다른 반에 비해 많네요. 7, 8, 9, 10반은 한두 명뿐인데."

"박미나 선생님이 구명조끼가 없는 여학생한테 본인 걸 벗어 주셨다고 들었어요."

한 청년이 조심스럽게 말한다.

진도에서 들었던 이야기다. 물을 너무나 무서워하는 언니기에 믿을 수가 없었다. 학생들이 구조만 되었다면 적어도 자랑스러운 선생님으로나마 기억될 수 있었을 거다.

아빠는 언니와의 대화에서 "선생님으로서", "선생님은"이라는 말을 참 많이 했었다. 한번은 언니가 TV 홈쇼핑을 보면서 화면에 나오는 해외 명품 핸드백을 사고 싶다고 하자, 아빠는 "학생들 앞에서도 그렇게 말할 거냐?" 하고 바로 한마디 쏘았다. 그는 대부분 사람들이 생각하는 것처럼, 교사는 존경받는 위치에 있기 때문에 바르게 생각하고 행동하며 진실되고 근면 성실해야 한다고 했다. 아마도 인간이 가질 수 있는 바람직한 면을 다 갖춰야 한다고 생각한 듯 싶다. 덕분에 언니는 교사로서 어떤 상황에서도 항상 학생들을 먼저 생각해야 한다는 것을 너무도 잘 알고 있었을 거다. 오래전 19명의 유치원생과 4명의 교사 목숨을 앗아간 '씨랜드 청소년 수련원 화재' 뉴스를 보면서, 아빠는 언니에게 아이들을 구조하다 숨진 교사처럼 교사는 학생을 위해 희생해야 한다고 말했었다. 그 대

증명서 41

화를 아빠는 기억할 것이다. 그의 가슴 깊숙이 봉인된 그 기억은 평생 그의 가슴을 짓누를지도….

"다 같이 천국에 있겠죠?"

방금 자신이 한 질문이 그들을 위로하기 위한 것인지 자신을 위한 것인지 모르겠다.

"동생이 친구를 많이 사귀었는지 모르겠어요."

자신의 동생이 언니네 반이었다고 한 소녀가 말한다.

"집 밖에서는 조용한 애였거든요. 지금 반에는 아는 애가 네 명밖에 안 된다고 했는데…."

걱정하는 그녀, 마치 동생이 살아있는 것처럼 이야기한다.

"동생이 새 학년 된 지 이틀밖에 안 됐는데 어떻게 다들 그렇게 친해져서 웃고 하는지 모르겠다고 했었어요."

윤영의 눈빛이 그녀를 따스이 감싼다.

"언니가 동생 절대 혼자 있게 하지 않았을 거예요. 그건 확실해요. 만약 혼자 있는 거 봤으면 다른 애들한테 가서 먼저 말해보라고 했을 거예요."

소녀가 고개를 크게 끄덕인다. 그녀의 눈에 맺힌 눈물이 후드득 떨어진다. 담임 선생의 가족을 만나는 것이 그녀에게 위로가 되는 것 같다.

곧 명찰을 만들어 다시 오겠다고 약속하고 집으로 가는 버스에 오른다. 때마침 세상은 그녀의 슬픔은 내 알 바 아니라는 듯 오색찬란한 빛의 일몰을 그녀 눈앞에 펼친다.

동생을 잃은 한 형의 자책 섞인 고백이 떠오른다.

"남동생한테 배가 기울고 있다는 문자를 받았을 때 진정하고 무조건 시키는 대로 하라고 했어요...."

그 어떤 가족이 선내 안내를 무시하라는 말을 할 수 있었을까. 가족으로서 할 수 있는 최선의 말을 한 이들은 자신에게 영원히 용서받지 못하는 자가 되었다.

분노에 눈이 타들어 가는 것 같다. 눈을 꾹 감는다.

그제야 좀 전에 가족관계증명서에서 봤던 '사망'이라는 글자가 섬광처럼 머릿속을 스친다.

진도에서 언니를 기다리고 있는 엄마에게 전화를 건다. 통화 연결음만 이어진다. 발견도 안 된 언니를 부모님이 벌써 사망 신고를 한 것인지 아니면 정부가 그렇게 처리한 것인지 모르겠다. 사고 원인부터 처리에 이르기까지 모든 것이 시작부터 완전히 잘못되었다는 생각에 머릿속이 뒤죽박죽이다. 시간을 보니 잘하면 주민센터가 닫기 전에 도착할 수 있을 것 같다.

버스에서 내리자마자 달린다. 울 때 말고 숨을 헐떡여 본 게 언젠지 기억도 안 난다. 다행히 마감 시간 5분 전에 도착해 번호표를 뽑고 의자에 앉는다.

"75번이요."

윤영이 신분증을 제시한다. 그때 전화벨이 울린다. 엄마다.

"윤영아, 전화를 못 받았네. 무슨 일이야?"

"이따 전화할게요."

가족관계증명서를 발급받는 데 채 1분도 걸리지 않는다. 그녀의 긴장한 눈동자가 가족들의 이름을 훑고 내려간다.

?

'사망'이란 단어가 어디에도 없다.

"죄송하지만 이게 제일 최근 건가요?"

직원이 예전 걸 줄 리가 있겠냐는 표정을 짓는다.

질문을 바꾼다.

"'사망'이란 말을 안 보이게 할 수 있는 건가요?"

"아, 제적등본을 원하세요?"

얼떨결에 고개를 끄덕인다.

직원이 다시 문서를 출력한다.

"여기요."

새 문서를 받아 든 윤영의 몸이 바로 얼어붙는다.

자신의 이름 박윤영과 언니의 이름 박미나 사이에 한 번도 본 적도 들어본 적도 없는 이름이 있고, 그 옆에 '사망'이라고 적혀 있다.

윤영이 털썩 계단에 주저앉는다.

'박수'가 누구야…??

난데없이 칼 하나가 불쑥 튀어나와 그녀의 심장을 깊숙이 찌른다. 바닥에 팽개쳐진 핸드폰이 엄마에게서 걸려 오는 전화로 맹렬히 떨어댄다. 윤영의 심장도 요란히 뛴다.

또 한 명

"잘 잤어?"

아침 일찍 수에게 데려다주기로 한 이모가 윤영의 집을 찾았다.

누가 봐도 그렇지 못했다고 말하는 퉁퉁 부은 눈으로 윤영은 잘 잤다며 고개를 끄덕인다.

나갈 준비를 대충 하고 집을 나서 안양으로 향한다. 수가 뿌려진 곳으로. 이모로부터 가족의 비밀을 들었다. 엄마, 아빠에게 20년 전 잃은 또다른 딸에 대해 차마 물어볼 수가 없었다.

언니는 여동생이 생겼다고 좋아 방방 뛰었다. 그녀는 마치 엄마처럼 수를 지극정성으로 돌봤다. 학교를 마치면 엄마가 일하는 마트 내 식당 테이블에서 수와 함께 인형 놀이를 하고 그림도 그리며 재미있게 놀아줬다. 7살인 수는 마트에 있는 걸 무척이나 좋아했다. 마트 장난감 코너에는 수를 위한 최신 장난감들과 인형들이 365일 내내 떨어지질 않았다. 둘은 그렇게 그들만의 놀이터에서 즐거운 나날을 보냈다.

그러던 어느 날, 언니가 자신의 몽당 크레파스를 문구 코너에 전시돼 있던 길쭉한 새 크레파스와 맞바꾸다 그만 마트 점장에게 들켜버렸다. 집

안 사정을 뻔히 알고 있던 언니였기에, 차마 엄마한테 크레파스가 너무 짧아 그림을 잘 못 그리겠다고 말할 수가 없었던 것이다. 점장은 언니를 엄마에게 데려갔고 엄마는 더 이상 수와 언니를 마트에 데려오지 못하게 되었다. 수는 왜 장난감 코너에 가지 못하냐고 매일 떼를 썼다.

언니는 집에서 수를 달래느라 애를 썼다. 그러던 어느 날, 엄마는 수가 내년에 학교에 들어가니 책가방을 사주라며 언니에게 돈을 주었고, 그렇게 언니는 수를 데리고 학교 앞 문구점을 갔다.

"수, 여기 있어, 알았지?"

언니는 오는 길에 산 떡볶이를 수에게 주며 가게 앞에서 기다리라고 했다.

"언니, 나도 들어갈래."

수가 언니의 소매를 잡아당겼다.

"아니야, 서프라이즈야. 보면 안 돼."

서프라이즈라는 말에 수의 얼굴이 금방 환해졌다. 수는 떡볶이 봉지를 두 손으로 꼭 쥐고 밖에서 언니를 기다렸다. 언니는 책가방을 사기에는 돈이 조금 모자라 핑크색 헬로키티 신발 가방을 집어 들었다. 헬로키티는 수가 가장 좋아하는 캐릭터였다. 언니가 주머니에서 꼬깃꼬깃한 돈을 꺼내 가게 주인에게 내미는 순간이었다. 밖에서 쾅 하는 큰 소리와 함께 사람들의 비명이 터졌다. 주인아저씨가 밖으로 뛰어나갔다. 가게 아주머니는 언니의 얼굴을 끌어안고 황급히 그녀를 가게 안의 방으로 데려갔다. 구급차가 도착했을 때까지만 해도 살아있던 수는 병원으로 가는 도중 하늘로 떠났다.

그날 밤 엄마는 이모에게 전화해 아직 문구점에 있는 언니를 데려와 달라고 했다. 이모는 그때 언니의 그 텅 빈 눈동자를 절대 잊을 수가 없다고 한다. 언니를 끌어안았을 때 언니 몸은 마치 죽은 사람처럼 딱딱하게 굳어 차가운 바윗덩어리를 안는 것 같았다고.... 수의 장례식 날 언니는 옷장 안에 웅크려 숨어 있었다고 한다. 이모는 언니가 수에게 작별 인사도 못 한 것을 커서 많이 후회했을 거라며 안타까워했다. 그때 언니 나이 겨우 열 살이었다.

영화에나 나올 법한 이야기가 자신 가족의 이야기라니 믿을 수가 없다. 윤영에게는 두 명의 언니가 있었지만 지금 모두 이 세상에 없다. 수의 얼굴을 기억해 내려 애를 써 보지만 도무지 기억이 나질 않는다. 차라리 그게 나을지도 모르겠다.

"친구들 좀 만나고 하니?"

함께 걷던 이모가 묻는다.

"너 걱정 많이 할 텐데."

"그럴 수도요."

언니가 사라진 이후로 윤영은 친구들을 만나지 않는다. 이따금 그들이 그녀에게 '미안하다'며 잘 지내는지 문자를 보내는 정도다. 윤영이 제일 친한 친구들 중 한 명에게 희생자 합동 분향소에 다녀왔는지 물은 적이 있다. 이에 친구는 "아니, 아직. 바빠서."라고 답했다. 윤영은 지난 몇 달간 고작 한두 시간도 내지 않았던 친구에게 깊은 실망감을 느꼈다. 그날 그 친구의 번호는 물론이고 다른 친구들의 번호도 다 지워버렸다. 그 이후로 그녀의 핸드폰에 추가된 번호는 없었다.

"4월, 내가 참 좋아하던 달이었는데...."

이모가 말한다.

"봄 올 때면 항상 설렜지."

위선적인 달이다, 4월은. 그녀의 두 언니를 모두 앗아갔다. 수가 가족을 떠난 것도 4월이었다.

"예전엔 4가 불길한 숫자라고 해도 미신이라고 안 믿었는데, 이젠 그 숫자 보기만 해도 가슴이 철렁해."

"언니랑 수한테 간 적 있어요?"

윤영이 화제를 바꾼다.

"미나는 혼자 많이 가더라구."

"언니가 거기 자주 갔어요?"

걸어가는 내내 윤영은 고개를 푹 숙이고 있다.

"그런 것 같아. 수가 꿈에 나오거나 악몽을 꾸면 가는 것 같았어."

언니는 악몽을 자주 꿨다. 윤영에게 들려준 꿈 얘기가 몇 개 생각난다.

마을을 덮치는 바닷물을 피해 가장 높은 곳으로 필사적으로 뛰어 올라가는 꿈, 트럭에 치여 차 밑으로 들어갔는데 몸을 이리저리 굴려 간신히 모든 바퀴를 피한 꿈, 무너져 내리는 남산타워에서 가까스로 빠져나온 꿈....

놀랍게도 언니는 꿈에서 단 한 번도 죽지 않았다. 그래서 현실에서도 그녀가 살아남는 기적을 기대했는지도 모른다.

꿈에서 언니가 계속 살아남은 건 무얼 의미한 걸까? 세월이 흐를수록 더 강하게 조여오는 죄책감에서 벗어나기 위한, 절박한 몸부림?

"미나가 수한테 갈 때 들르던 떡볶이집이 있어. 가 볼래?"

떡볶이. 수가 언니를 기다리며 들고 서 있었던 것. 이제 알겠다. 왜 음식을 가리지 않고 다 잘 먹는 언니가 떡볶이는 마뜩잖아 했는지.

"나도 떡볶이 먹어본 지 참 오래됐네. 볼 때마다 사고 난 날 길바닥에 흩어져 있던 게 떠올라서...."

이모가 끔찍한 장면이 번뜩 떠오른 듯 급히 머리를 흔든다.

"수랑 미나가 떡볶이를 얼마나 좋아했는지. 10분만 더 가면 되겠다."

언니가 싫어한다고 생각했던 음식이 가장 좋아한 음식이었다니. 그나마 언니에 대해 제일 확실하게 알고 있는 거라고 생각했다.

"네가 엄마, 아빠를 잘 챙겨야 돼. 잘할 거라 믿지만."

어색한 정적.

"그리고 지호도. 지호는 좀 어떠니?"

"왜요?"

"어?"

이모가 윤영의 냉담한 대답에 당황한다.

"화났니?"

이모는 걸음을 멈췄지만 윤영은 계속 걷는다.

"내가 뭐 잘못한 거라도...?"

몇 걸음 가다 윤영이 돌아선다.

"이모도 친척도 모두가 다 나한테 부모님 앞에서 무너지지 말래요! 엄마, 아빠만 고통스러워요?"

목소리가 떨린다.

"저는요? 저, 언니 두 명이나 잃었잖아요. 전 이제 어떡해요? 어떡해야 아무렇지 않게 살 수 있는데요? 주변에 누가 죽었던 적도 없는데 이걸 어떻게 이겨내야 되는 건데요?"

윤영의 몸이 떨린다. 이모가 울음을 터뜨리며 그녀를 왈칵 껴안는다. 마치 고통을 쓸어내 주려는 듯 윤영의 등을 세게 문지른다.

"장례식장에서 사람들이 부모들 마음 아플까 봐 애들한테 대신 묻는 거 알아요? 시신이 어떤 상태로 발견됐냐고. 애들은 고통을 덜 느낄 거라고 생각해요? 언니 찾으면 저한테도 물어보실 거예요?"

"윤영아, 어떻게 그런 말을 할 수 있어? 미안해, 미안해...."

"저 벌 받는 건가 봐요. 언니 잔소리가 싫어서 엄마한테 왜 날 외동딸로 안 낳았냐고 했었는데. 언니 없는 친구들이 부럽다고."

윤영의 울음이 거세진다.

"그래서 언니들이 날 다 떠났나?"

"옛날 일이잖아. 네가 어렸을 때. 미나가 그렇게 나쁘게 받아들이지도 않았어."

순간 윤영의 미간이 구겨진다. 이모가 자신이 그런 말을 한 것과 언니가 그걸 어떻게 받아들였는지까지 알고 있다니.

"네 엄마가 미나한테, 네가 그렇게 말하니까 너한테 좀 잘해 주라고 얘기했었어. 내가 그때 옆에 있었고."

나한테 잘해줬어요, 언니!

고통의 한숨이 터진다. 자신이 철없을 때 한 말을 언니가 제발 잊어버렸으면 좋겠다.

"엄마는 왜 맨날 나만 혼내는데!"

언니가 울며 엄마한테 대드는 것을 처음 봤다.

"'왜 집 청소 안 했냐.', '나가지 말고 동생들 밥 차려 줘라.', '양보해라. 네가 언니잖아.', '내가 없을 때는 네가 엄마야.' 엄마, 제발! 얘네 어린애들 아니야! 내가 없으면 지들이 알아서 밥 챙겨 먹고 설거지하면 되는 거야. 내가 언제까지 다 챙겨 줘야 되는데!"

"미나야! 원래 첫째는 그런 거야!"

엄마도 엄마의 주장을 굽히지 않았다.

가족이 미국에 있었을 때도 이와 비슷한 장면이 있었다. 당시 5학년이던 언니에게 지워진 책임은 무거웠다. 언니는 가족 중에 영어를 제일 빨리 배웠기에 어딜 가나 통역은 그녀 담당이었다.

"여기서 내가 다 하잖아! 환불받을 때 같이 가, 전화 받아, 누가 오면 나가 봐, 윤영이 학교 학부모 모임 가, 아빠 차 판다고 신문 광고 내, 윤영이 숙제 도와줘, 미국인들이 뭐라고 하는지, 박스에 뭐라고 써져 있는지 다 설명해 줘! 근데 맨날 엄마랑 아빠는 '와, 윤영이가 어려서 그런지 발음이 확실히 다르네. 미나보다 훨씬 좋아.'!"

"질투하는 거야?"

"엄마! 이게 무슨 질투야!"

"네가 영어를 제일 잘하니까 그러지. 가족을 위해서 그것도 못 해주니?"

"나한테 한 번이라도 고마워한 적 있어? 난 스트레스 안 받을 거 같아?"

"거의 다 왔어."

이모가 골목으로 들어선다.

"유림 분식"이라고 적힌 낡은 간판 앞이다.

"왜 안이 어둡지? 문을 닫은 건가?"

이모가 유리문에 붙은 메모를 들여다본다.

"'당분간 가게를 쉽니다.'? 저번엔 열려 있었는데...."

"아주머니가 몸이 안 좋아요."

옆 과일 가게에서 앞치마를 두른 중년 여성이 밖으로 나오며 일러준다.

"좀 쉬겠다고 하더라고요. 학생들이 다 죽었는데 무슨 음식을 파냐고."

말을 하면서도 기가 막힌 지 깊은 한숨을 내쉬고는 덧붙인다.

"애들이 맨날 학교 끝나면 '이모, 이모' 하면서 몰려왔으니까.... 그래도 문을 다시 열 줄 알았는데 통 나오지를 않네요."

그러고 보니 학교 주변인 이곳에 사람이 안 보인다.

"하여튼 동네 전체가 말도 아니에요. 거리에서 웃음소리 들은 게 언젠지.... 근데 혹시 아는 사람이라도...?"

그녀가 조심스러운 표정으로 윤영과 이모를 번갈아 보며 말을 흐린다.

"아, 아니에요."

이모가 재빨리 대답한다.

"다음에 올게요, 감사합니다."

"에휴, 불쌍해서 어떡해.... 어쩌면 그렇게 다...."

등 뒤에 아주머니의 뜨거운 긴 한숨이 와 닿는다.

은행나무들이 황량한 거리에 황망한 낯으로 서 있다. 짓뭉개진 은행들이 가득한 거리였다. 신발에서 똥 냄새가 난다며 깔깔거리고 툴툴대던 학생들의 웃음소리가 사라졌다.

노을빛으로 익어 떨어진 은행들을 내려다본다. 개미 무리가 그 사이를 줄지어 지나간다. 개미를 피하며 걸으려니 현기증이 인다. 자신도 모르게 이때까지 얼마나 많은 개미들을 밟았을지를 생각하니 발을 내딛기가 힘들다. 구사일생한 개미 일가족이 사라진 개미를 애타게 찾아다니지는 않았었는지....

이모의 발길이 저 앞 포장마차를 향하고 있다.

"너네 집에 갈 때마다 이런 데서 떡볶이를 사 갔어."

한 손님이 김이 모락모락 나는 오뎅꼬치를 들고 국물을 시원하게 들이키고 있다.

"안녕하세요, 떡볶이 1인분 포장이요."

이모가 익숙한 듯 주문한다.

"전화해서 '뭐 사 갈까?' 하고 물으면 미나랑 수는 맨날 '떡볶이요!' 하고 소리 질렀어. 넌 네 살이라 의견이 없었고. 네 엄마는 네 언니들보고 뱃속에 떡볶이 못 먹어서 죽은 귀신이 있냐고...."

이모가 옛날 생각에 잠시 눈빛이 아련해지더니 노점상 주인에게 말한다.

"떡볶이에 오뎅 국물 조금만 넣어 주실래요? 애가 먹을 거라서요."

주인이 떡볶이 봉지를 건넨다.

"미나가 수한테 매우니까 이렇게 해달라고."

언니는 맵게 먹고 싶어 했을 것이다. 언니는 매운 음식을 좋아했다.

몇 번을 갈아탄 버스가 드디어 안산보다 덜 황량한, 덜 침울한 안양에 들어선다. 조금 더 외곽으로 빠지니 차 한 대 겨우 지나갈 법한 비포장도로가 나온다. 버스가 그들을 슈퍼 앞의 정류장에 내린다. 이모가 슈퍼로 들어가 인삼 음료 한 박스와 사탕 한 봉지를 사 들고 나온다.

둘 다 아무 말 없이 걷는다. 그나마 침묵이 편하지 않겠냐는 듯.

10분 정도가 지나니 향냄새가 짙게 피어오르는 청록색 지붕의 자그만 집이 보인다. 이모가 열린 문틈으로 살며시 방안을 들여다본다. 스님이 불상 앞에 앉아 불공을 드리고 있다. 이모가 방금 산 인삼 음료를 조용히 문 앞에 놓는다.

처음에 이모는 엄마가 이곳 스님을 만나는 걸 무척 못마땅해했다. 무당이 승복 입으면 스님 되냐며. 하지만 수를 그렇게 돌연히 떠나보내며 거의 반 미친 엄마를 데리고, 수가 좋은 곳으로 가도록 매일 함께 기도해 주는 것을 보고 마음이 바뀌었다.

윤영도 오래전 엄마, 언니와 함께 이곳을 찾은 적이 있다. 언니가 악몽을 너무 자주 꿔서 이 근처 언덕에서 굿을 했었다. 눈이 아리도록 화려한 무복을 입은 무당 둘이 스님의 장구와 꽹과리의 장단에 맞춰 방방 뛰었던 그날은 잊을래야 잊을 수가 없다. 노래 같기도 한 알 수 없는 주문을 외며 언니 몸에 쌀을 뿌리고 언니 안에 '깃든' 혼령에게 나오라고 호령까지 했으니. 살면서 그렇게 요란한 소리는 들어본 적이 없었다. 너무 섬뜩해서 자리를 뜨고 싶었지만 의식을 망친다고 혼날까 봐 그럴 수도 없었다. 시간이 얼마나 흘렀을까, 갑자기 그중 연로한 무당이 쩌렁쩌렁한 고함을 지르며 껑충 힘차게 뛰어올랐다. 순간 주위의 모든 소리가 뚝 끊겼다. 무당은 언니를 와락 끌어안으며 "언니, 불쌍한 우리 언니!" 하고 목메어 흐느끼기 시작했다. 설사 그녀가 알 수 없는 어떤 초자연적인 세계와 연결된 상태였다 하더라도 왜 하필이면 어린 소녀의 목소리를 흉내 내며 마치 언니를 원래부터 알고 있던 것처럼 불렀는지 이해가 되질 않았다. 그리고 왜 언니가 그 무당의 품에 파묻혀 우는지도. 윤영은 굿은 그런가 보다 하며, 그게 무슨 상황이었는지, 누구의 혼이 왔었던 건지 엄마에게 물어봐야겠다는 생각조차 하지 않았다. 수의 죽음에 대해 알게 된 지금에서야 그게 수였을까 하는 생각이 강하게 든다.

이모가 집 뒤에 자리한 산신당으로 윤영을 데리고 올라간다. 신발을 벗고 들어서니 백발의 긴 수염을 한 산신 할아버지의 벽화가 있다. 이모가 두 손을 가슴 앞에 모아 정성스럽게 반배를 세 번 올린다. 윤영도 따라 한다. 산신 할아버지 바로 옆에 있는 호랑이가 그의 또 다른 모습인지 그의 종인지 모르겠지만, 그의 존재감에 신령한 힘을 더해 주는 것 같다.

"언니가 빨리 바다에서 나오게 해 주세요...."

그녀 앞의 촛불을 응시한다. 친척들과 조상 제사를 지냈던 때가 떠오른다.

"봤어, 윤영?"

제사상 위에 놓인 초의 불길이 갑자기 기울어지자 언니가 놀라며 초를 가리켰다.

"조상님이 왔다는 거야. 얼른 기도해."

바람도 없는데 홀로 요동치는 촛불을 보고 윤영의 눈이 휘둥그레졌다.

윤영이 촛불을 뚫어지게 쳐다본다. 촛불이 꿈쩍도 않는다.

"가자."

이모가 계단을 내려간다.

윤영이 힘없이 뒤따른다.

스님의 법문이 바람을 타고 고요히 경내에 퍼진다.

숲으로 난 좁은 길로 들어서니 평온이 더 깊어진다. 바스락거리는 나뭇잎 소리가 귓가에 가득 찬다. 곧이어 물소리도 흘러 들어온다.

"여기야...."

개울 앞에 이모가 멈춰 선다.

"여기가 수를 뿌린 곳이야."

언니....

"수야, 윤영이 왔다."

수... 박수.... 이름에서 아이가 해맑게 웃으며 박수치는 소리가 들린다. 아마 자신도 수 언니와 함께 그렇게 많이 웃었을 거다.... 기억하지 못해 미안하다.

눈을 감는다.

순간 자신의 두 언니가 모두 물속에 있다는 사실이 번쩍 뇌리를 스치자 몸을 움찔한다.

"윤영이 많이 컸지?"

이모가 말한다.

자신만 그녀를 모른다는 사실이 새삼 낯설다.

이모가 물 위로 드러난 돌들을 밟고 큰 넓적한 바위에 오른다. 윤영도 조심조심 발을 디딘다. 가지런히 놓인 과자 꾸러미... 수를 찾아온 가족의 흔적일 것이다. 이곳에 떡볶이를 놓고 한참을 웅크려 앉아 있었을 언니의 모습이 눈앞에 아른거린다.

이모가 들고 온 사탕 봉지를 과자들 옆에 놓는다.

윤영이 몸을 숙여 개울에 손을 담근다.

"박수... 언니...."

처음으로 그 이름을 소리 내 불러본다. 아니, 처음은 아닐 것이다. 아마도 자신이 네 살 때 많이 불렀을 것이다.

"너무 늦게 와서 미안해."

눈물이 떨어진다.

수를 만져 보고 싶어 손가락을 오므려 보지만 좀처럼 잡히지가 않는다.

언니…. 수에게 할 이야기가 있다. 너무 힘든 이야기.

목이 메인다.

미나 언니가 어디 있는지 모르겠어. 여기 없어.

울음이 터진다.

언니 어딨는지 알아?

어쩌면 수가 그녀보다 더 많이 알지도 모른다.

갑자기 물소리가 요란해진다.

마치 수가 엉엉 울어 대는 것처럼….

미국

다른 나라로 가서 살고 싶다는 엄마를 할머니와 할아버지가 꾸짖었다.

"지호를 수가 가려고 했던 그 학교에 못 보내겠으면 이사를 가면 되지, 무슨 나라를 떠난다는 거냐!"

"이해해 주세요, 어머님, 아버님."

엄마가 울었다.

"저 여기서 계속 이대로 살다가 미쳐 버릴 것 같아요. 다 우리 수 생각만 나게 하는 것뿐인데, 제가 여기서 어떻게 살아요? 갈 수만 있으면 다른 나라가 아니라 다른 세상으로 가고 싶어요!"

"그럼 지호는 여기 두고 가라! 내 손자를 데리고 지금 어딜 가겠다는 거야!"

지호는 가족에게 기적이었다. 시골 7남매 집안의 맏며느리가 된 엄마는 아들을 꼭 낳아야 했지만 불행히도 결혼하고 10년 동안 줄줄이 딸만 셋 낳았다. 그녀는 매번 분만실에서 또 딸이면 어쩌나 걱정하느라 아파도 소리 한 번 못 질렀다고 한다. 지금도 엄마는 미역국만 보면 그걸 꾸역꾸역 입에 넣으며 눈물을 밀어 넣었던 그날들이 생각난다고 했다. 할머니는 이번에도 또 틀렸다고 서운해하며 엄마 해산구완을 겨우 며칠 해주고 내려갔다고.

엄마가 넷째를 가지게 되었을 때다. 부모님은 태아 성별을 알아보기 위해 여러 병원을 찾았지만 하나같이 다 딸이라고 했다. 그때 자신을 믿으라며 아들이 확실하다고 고집스럽게 주장한 사람이 한 명 있었는데, 바로 엄마가 아들을 낳게 해달라고 3,000배를 하러 찾아간 안양의 그 스님이었다. 하지만 너무나 희박한 확률에 그들은 결국 아기를 지우기로 결정했다. 수술 날 대기실에서 순서를 기다리던 엄마는 범죄를 저지르는 사람처럼 심장이 쿵쾅쿵쾅 뛰었다고 한다. 그러다 그녀는 아빠에게 갑자기 짜장면이 먹고 싶다고 했고 그렇게 그들은 병원을 나가 다시 돌아오지 않았다.

그리 얻은 귀한 손자가 다른 나라로 떠난다는데 어떻게 할머니, 할아버지가 가만히 계시겠는가. 하지만 늘 순종적이었던 엄마도 그렇게 단호한 모습을 보인 적이 없었다. 아빠는 회사 상사에게 해외 지사 발령을 부탁했고, 그렇게 1996년 1월 4일 가족은 처음 비행기에 올라 태평양을 건너 버지니아주 리치먼드로 갔다.

환영의 의미인 건지 그 반대인 건지, 도착하자마자 내리기 시작한 눈은 좀처럼 그치질 않았다. 결국 허벅지 높이만큼 쌓인 폭설은 미국 북동부 전역을 사실상 마비시켰다. 미국이라는 더없이 낯선 땅에서 가족은 말 그대로 고립무원이었다. 뉴스에서는 "초강력 눈보라 북미 강타"라고 연신 전했다. 아직 차가 없던 가족은 무려 한 달 동안 꼼짝없이 집에 갇혀 아빠의 직장 동료가 가끔씩 전해주는 음식과 생필품으로 버텨야 했다. 미국에서는 10대들도 차를 모는 이유를 알 수 있었다. 미국에서 차 없이 갈 수 있는 데는 거의 없었다. 한국의 운전면허증은 인정이 되질 않아 엄마, 아빠는 미국 운전면허증을 취득하기 위해 다시 필기시험을 치러야 했다, 영어로. 먼저 합격한 아빠가 엄마의 통역사로 시험장에 함께 들어가 엄마가 오답을 고를 때마다 "그게 어떻게 답이냐!" 하고 핀잔 같은 힌트를 준 것은 미국에 비밀이다.

폭설은 놀랍게도 학교까지 폐쇄시켰다. 미국 생활은 그들이 상상한 것과 너무 달랐다. 집에서만 지낼 줄은 가족 모두 꿈에도 몰랐다. "엄마, 리치먼드는 '리치'니까 부자야?"라며 잔뜩 신났었던 윤영은 갑갑하다며 한국에 돌아가겠다고 매일 울었다. 두 살 지호는 어차피 언제 어디서나 울었고, 언니는 한국에서 봤던 <Saved by the Bell>의 주인공인 잭과 그의 친구들의 실제 목소리를 들을 수 있어 기뻐했다. 그 시트콤은 언니에게 미국은 학생들이 교장 선생님과도 친구가 되는 자유의 요새라는 환상을 심어주었다. 언니는 그녀의 새로운 공부 방법인 'TV 시청'을 열심히 했다. 모두가 그것이 영어를 빨리 배우는 최고의 방법이라 하여 언니는 죄책감 없이 행복을 만끽했다.

드디어 한 달 동안 내리던 눈이 그치며 학교가 문을 열자 언니는 신이 났다. 미국 학교가 너무나 궁금했다. 하지만 인생은 늘 예상대로 흘러가 주는 법이 없다. 언니의 학교에서는 5학년으로 올라가야 할 그녀를 4학년에 배정하려 했다. 아빠는 그 학교에 다니는 교포 학생의 통역을 통해 언니가 한국에서 이수한 학년이 왜 인정이 되질 않는지 학교에 물었고, "따님이 영어를 못해서요."라는 답변을 들었다. 아빠는 물러서지 않았다. 언니가 영어를 빨리 배울 수 있을 뿐만 아니라 그녀의 다른 과목의 수준이 높다고 주장했다. 그래서 언니는 등교 첫날 학년 배정을 위해 수학 시험을 치러야 했다. 영어보다 숫자가 더 많은 시험에서 언니는 당연히 매우 높은 점수를 받았고 그리하여 언니는 순리에 맞게 5학년에 배정되었다.

언니의 아슬아슬한 학교생활은 그렇게 스타트를 끊었다.

첫 체육 시간이었다. 눈부신 금발의 여교사가 언니를 창고로 데려가더니 파란 눈을 동그랗게 뜨고 언니에게 질문을 했다. "죄송해요, 저는 영어를 잘 못해요." 언니는 이 문장만큼은 확실하게 외워 그대로 몇 번을 읊었는데 교사는 포기하지 않고 눈을 더 크게 부릅뜨며 계속 같은 질문을 했다. 언니가 결국 울음을 터뜨릴 때까지. 몇 달 정도의 시간이 지나고 나서야 언니는 그 교사가 단지 체육복을 주기 위해 "왓 사이즈? (What size?)" 하고 물었던 것이었음을 깨달았다.

언니가 절대 잊지 못한다던 '시 수업' 에피소드도 있다. 그녀가 여전히 교사의 말을 잘 알아듣지 못할 때였는데, 어느 날 '색상', '너', '설명해라', 이 세 개의 단어가 들렸다고 했다. 이에 색상 하나를 선택해서 설명하면 되는 줄 알고, 영어는 무조건 말을 많이 해봐야 실력이 는다고 들었던 터라, 언니는 정말 큰 용기를 내어 수업 시간에 처음으로 손을 들었다. 그러고는 자리에서 일어나 "빨간색, 뜨거워요.(Red, it's hot.)"라고 말했다. 아이들이 박장대소를 하고 교사도 너무 깜짝 놀란 얼굴이었지만 언니는 그 이유를 알지 못했다. 다른 소녀가 일어나, "분홍색이요. 저는 스윗하니까요.(Pink, because I'm sweet.)"라고 말하기 전까지. 그렇다. 자신을 가장 잘 표현하는 색을 골라 이유를 설명해야 했던 것이다. 언니는 그때 한 그 말이 자신이 살면서 한 말 중 가장 대담한 말이었다고 했다.

가족은 낯선 이국땅 생활에 조금씩 적응해갔다. 지호는 집에서 TV 속 '비틀보그'와 '파워레인저'를 흉내 내며 행복한 어린 시절을 보냈고, 윤영은 1학년에 들어가 처음이자 마지막으로 백인 남자친구를 사귀었다. 엄마는 늘 기름진 음식으로 배를 채워 들어오는 식구들을 위해 갖은 양념으로 맛을 낸 풍성한 한식 저녁상을 준비해 주었고, 아빠는 열심히 돈을 벌었다.

"엄마, IMF가 뭐야?"

윤영이 거실에서 숙제를 하다 뉴스를 보고 있는 엄마, 아빠에게 물었다.

한국 TV 프로그램은 미국에서 한 달이나 지나 방송되었는데 유일하게 제날짜에 방송되는 것이 하나 있었으니 바로 뉴스였다. 어느 날 뉴스에서 한국 기업들이 줄줄이 파산하며 국제통화기금, IMF에 구제금융을 요청한다는 보도가 나왔다. 나라에 뭔가 굉장히 큰일이 난 것 같았다.

"당신 회사는 괜찮아요?"

엄마가 잔뜩 걱정스러운 얼굴로 아빠에게 물었다.

말하지 않아도 그의 어두운 표정이 모든 것을 말해주었다. 원·달러 환율이 3배 가까이 오르면서 한국 본사에서 송금되는 그의 월급은 3분의

1로 줄게 되었다. 그래도 그가 매일 출근을 했기 때문에 가족은 크게 걱정하지 않았다. 아빠가 출근하는 '척'했다는 사실을 누구도 눈치채지 못했다. 한 달 후 그가 한국 사람들이 많은 메릴랜드로 이사를 가자고 했을 때 그제야 가족은 아빠 회사가 부도가 났고, 이제 '장사'라는 것을 해야 한다는 것을 깨달았다.

"엄마, 메릴랜드가 어디야?"

윤영은 모든 것이 궁금했다.

"여기서 안 멀어. 버지니아 바로 옆에 있어."

"엄마, 나 메릴랜드 좋아! 엄마, 이 노래 알아? 메릴리 메릴리 메릴리 라이프 이즈 어, 드림!"

윤영은 항상 밝았다.

"아! 멜릴리가 메릴랜드랑 비슷하네."

"엄마! 메리 크리스마스!"

"어? 그것도 비슷하네?"

1998년 여름, 가족은 메릴랜드로 이사해 코리아타운에 작은 치킨집을 열었다. 아빠는 부엌일이 익숙지 않아 손을 여러 번 데였다. 그가 하루 종일 부엌에 있는 모습은 가족에게 참 낯설게 느껴졌다. 늘 회사에서 늦게 돌아와 서둘러 저녁만 먹고 일어났던 그였다. 윤영이 학교에서 돌아오면, 튀김기 앞에서 닭을 튀기고 있는 그의 뒷모습이 제일 먼저 보였던 게 생각난다. 수의 죽음을 알고 나니 그가 종일 끓는 기름을 바라보며 무슨 생각을 했을지... 생각하면 가슴이 미어진다. 차라리 배달같이 움직이는 일을 했더라면 그나마 좀 나았을 텐데.

어느덧 가족은 미국에서 5년을 보냈다. 그들은 자신들이 미국 문화와 관습에 잘 적응해 가고 있다고 생각했다. 더 이상 홀로 눈 쌓인 거리에서 오지 않을 스쿨버스를 기다리지 않고, 집으로 돌아와 TV를 켜 등교 시간이 얼마나 늦춰졌는지를 확인했다. 아이스크림 가게 앞에서 한참을 줄 서 기다리다 드디어 그들의 차례가 되었을 때, 영업이 끝났다며 문을 닫아도 이를 받아들일 수 있는 마음의 여유를 가지게 되었다. 미국 경찰에게 "이번 한 번만 봐주시면 안 될까요?"라고 말하는 것이 얼마나 위험한지 잘 알게 되었고, 미국인들이 그들에게 친절한 미소를 짓는다고 해서 그들이 친한 사이라는 의미는 아니라는 걸 깨달았다. 그곳에서 그들은 어디까지나 '이방인'이었기 때문에 결코 경계를 늦출 수 없었다.

그런대로 적응하며 살아가던 그들의 '이민자'의 삶은 가족의 치킨집에서 아르바이트를 하던 미국 10대 소년이 배달 중 교통사고가 나면서 갑작스럽게 끝이 났다. 그제야 그들은 미국에 너무 오래 있었음을 깨달았다. 그 깨달음의 비용은 너무 컸다. 미국의 병원비는 가히 천문학적이었다.

2001년, 윤영의 가족은 진작에 갔어야 했을 곳으로 돌아가기 위해 짐을 쌌다. 아르바이트생의 사고 보상금으로 미국에서 번 돈을 거의 다 날렸지만 엄마는 긍정적으로 생각하려 애썼다.

"사람은 태어난 곳에서 살아야 돼, 그지?"

언니도 동의했다. 그녀가 영어를 유창하게 구사할 수 있게 되긴 했지만 여전히 어려운 부분들이 있었다. 예를 들어, 미국 남자들이 아빠에게 치킨을 주문하면서 "헤이, 뭐 있나? (Hey, what do you have?)"라고 말하는 것이 영어 특성상 무례하게 들리는 건지, 아니면 아빠를 동양인이라고 무시하는 건지 헷갈렸다.

언니가 짐을 싸며 말했다.

"우리랑 비슷하게 생긴 사람들이랑 살자. 생각 많이 하고 사는 것도 힘들어."

드디어 그들은 고국으로 돌아왔다. 하지만 고국이라고 모든 게 쉬울 수는 없었다. 언니는 미국 학교에 적응하느라 애쓴 만큼 다시 한국 학교에 적응하기 위해 애써야 했다. 고등학교 1학년 등교 첫 날, 언니의 담임 선생님은 모두가 매일 밤 11시까지 학교에 남아서 자습을 해야 된다고 했다. 언니는 그 말을 농담으로 받아들여 정규 수업이 끝난 5시에 가방을 쌌다. 반 친구들이 어디 가냐고 언니에게 물었을 때 그 충격은 거의 재난급이었다고. 입시에 죽고 사는 이 나라에 적응하기가 생각보다 힘들 수 있겠다는 생각이 들었던 순간이었다고 했다.

가족은 고국에서도 각자 나름의 적응 기간을 또 보냈다. 그래도 다행히 언어와 문화는 그들의 분야였기에 미국에 적응하는 것보다는 훨씬 수월했다.

그리고 역사적인 2002년이 찾아왔다. 유럽과 미주 외 국가 중에서는 최초로 한국이 월드컵을 개최하면서 온 국민이 축구에 열광한 매우 특별한 해였다. 축구 강국을 상대로 예상치 못한 승리를 연달아 거두며 한국은 역사상 최초로 4강까지 진출하는 쾌거를 거뒀다. 나라가 단합, 자부심, 에너지, 열정 그 자체였다. 빨간 티셔츠에 빨간 뿔 머리띠를 하고 빨간 막대풍선을 통통 부딪히며 온 나라가 붉게 출렁였다. 응원 구호 "대~한민국!" 리듬에 맞춰 울려 퍼지는 경적 소리에 언니와 윤영은 눈물을 글썽였다.

그해 여름 공기는 마치 고국에 귀환한 그들을 격하게 끌어안고 환영해 주는 듯 뜨거웠다.

그렇게 그들의 삶이 계속될 줄 알았다.

옥상

"안녕하세요, 들어오세요. 많이 드릴게요."

엄마가 안산시장 내 족발집 입구에서 행인들에게 인사를 건넸다.

"엄마, 그 인사 좀 안 하면 안 돼?"

윤영은 가족의 생계를 위해 안간힘을 쓰는 엄마의 모습이 보기 싫었다.

"그냥 지나가게 놔둬! 먹고 싶으면 와서 먹겠지! 챙피해. 이 족발 냄새도 지긋지긋해."

어느 날 언니가 윤영을 옥상으로 불렀다.

"족발 냄새가 싫으면 네가 성공해! 열심히 공부해서 좋은 대학 가서 좋은 직장 구해! 그래서 엄마, 아빠 편하게 해드려!"

윤영은 움찔했다. 언니가 입술을 파르르 떠는 게 화가 나서가 아니라 쌀쌀한 날씨 때문이라고 믿고 싶었다.

"미국에서처럼 그냥 치킨 팔면 안 돼?"

윤영도 반격했다.

"닭이 돼지 발보단 낫잖아! 집에 오면 맨날 족발이나 가득 쌓여 있고, 진짜."

"너 밖에 치킨집 널린 거 안 보여? 이 동네만 몇 개 있는지 네가 세봐!

그리고 그게 엄마한테 할 소리야?"

엄마는 어렸을 때 시골 외할머니가 집에서 키우던 닭의 목을 가위로 자르는 것을 보고 기겁을 한 적이 있다. 머리 없는 닭들이 이리저리 뛰어다니면서 서로 부딪히는 모습은 엄마에게 평생의 트라우마로 남았다. 외할아버지는 왜 엄마 앞에서 닭을 죽였냐며 외할머니를 꾸짖었고 결국 엄마가 집에서 편히 지낼 수 있게 모든 닭을 다 팔아 버렸다.

그런 닭에 대한 공포를 가진 엄마가 가족을 위해 미국에서 치킨집을 했던 것이다.

"엄마, 아빠는 이렇게 살고 싶겠어? 징징거리지 말고 정신 차려, 박윤영!"

윤영은 그 자리에 얼어붙었다. 언니가 성을 붙여 '박윤영'이라고 부르는 소리가 서릿발처럼 싸늘했다. 언니는 그녀를 '윤영' 아니면 '윤윤'이라고 불렀다. 미국 아이들은 윤영이라는 이름이 발음하기 어려웠는지 아니면 귀찮았는지, 그녀를 음과 양을 뜻하는 중국어의 영어 발음인 '인앵'이라고 불러댔다. 자신은 '인앵'이 아니고 '윤영'이라는 한국 이름을 가지고 있다고 계속 얘기했지만 미국 아이들에게 동양인은 중국인 아니면 일본인밖에 없는 듯했다. 언니는 차라리 애들이 부르기 쉽게 미국 아이들 앞에서는 '윤윤'이라고 불러야겠다고 했다.

"윤윤이 뭐야! 웃기잖아!"

윤영은 새 이름을 마음에 들어 하지 않았다.

"그럼 계속 인앵이라고 불리고 싶어?"

언니는 아이들이 윤영의 이름을 놀릴 때마다 일부러 큰 소리로 "가자, 윤윤!" 하며 그녀의 손을 잡아끌었다. 얼마 지나지 않아 아이들은 윤윤이란 이름이 독특하고 인상적이었는지 서서히 너도나도 윤윤이라고 부르기 시작했다. '윤윤'... 그렇게 '윤윤'은 한국에 돌아와서도 그들의 미국 생활을 아련하게 추억하게 하는 윤영의 애칭이 되었다.

윤영이 한참을 울고 가게로 내려가자 언니가 말했다.
"넌 전화만 받아. 족발 만지는 건 내가 할게."

찬바람이 윤영의 뺨을 할퀸다. 언니가 소리쳤던 그날처럼 옥상에 서서 울고 있다. 언니의 말이 이곳에 맴돈다.
"그만 징징거리고 정신 차려! 계속 울 거야?"
윤영이 바닥에 주저앉는다.
그럼 빨리 와!!

만남

안산 분향소에서 윤영의 가족이 서로의 안부를 묻는다. 오랜만에 네 명이 한자리에 모였다. 분향소 밖에는 몇천 명의 사람들이 애도를 표하기 위해 길게 줄을 서 있다. 평상복을 입은 군중 속에서 조문객 차림의 사람들과 교복을 입은 학생들도 많이 보인다.

"어떡해... 믿기지가 않아."

교복을 입은 소녀가 터져 나오는 울음을 손으로 막는다.

"너무 불쌍해...."

"우리 아직 들어가지도 않았어."

소녀의 눈물을 닦아주는 친구들도 함께 운다.

하늘도 운다.

전국 각지에서 온 하얀 화환들이 빗속의 추모객들을 분향소로 안내한다. 분향소 앞 대형 현수막에는 "세월호 합동 분향소"라고 적혀 있다. 대통령과 국무총리를 비롯한 많은 국회의원들이 꽃을 보냈지만 유가족의 요청으로 치워졌다.

지호와 아빠가 국화에 둘러싸인 수백 개의 영정 사진 앞으로 엄마를 부축한다. 액자 상단을 가로지르는 검은 띠가 이들이 더 이상 이 세상 사람이 아님을 말해준다. 비현실적일 만큼 압도적인 개수의 영정 사진에 조문객들의 숨이 멎는다. 지금까지 다녔던 장례식장의 영정 사진은 심지어 두 개도 아닌 한 개였으니 왜 안 그러겠는가. 아이들 사진 앞에 흰 국화 한 송이씩을 놓는다. 가라앉는 배를 보고도 아무것도 할 수 없었던 애끓는 미안함에 눈물만 흘린다. 벽면에 그들에게 보내는 메시지가 가득하다.

"미안합니다.", "여러분 모두 꿈이 많았을 텐데....", "더 좋은 곳으로 갔기를 바랍니다."....

윤영은 새 학기가 시작되는 여느 3월을 상상한다. 사진관 아저씨가 학교를 찾아와 지금 이곳에 있는 증명사진을 찍었을 그날을.

아이들은 카메라 앞의 친구의 웃음을 터뜨리려고 장난기 어린 표정으로 서로의 차례를 기다렸을 것이다. 플래시가 터지기 바로 직전 입술이 살짝 씰룩거리고만 아이는, 아저씨가 "다음 학생!" 하고 외치자 자리에서 벌떡 일어나며 "이젠 네 차례야!" 하고 외쳤을 것이고, 아저씨는 다 찍은 학생들은 나가라며 그들을 나무랐을 것이다.

그때 그들은 방금 자신이 자신의 영정 사진을 찍은 것을 상상이나 할 수 있었을까? 불과 한 달 후면 그 사진이 친구들, 선생님들의 사진과 함께 몇천 송이의 국화로 둘러싸일 것을....

단 몇 걸음에 몇십 명의 영정 사진이 지나간다.

윤영의 목이 조인다. 물에 빠져 죽는 것에 대한 언급만으로도 무섭다고 언니가 몸을 움츠렸던 게 또 생각나 버렸다.

차라리 배에서 무언가가 언니 머리에 떨어져 언니를 기절시켰더라면... 그럼 물이 목까지 차오르는 공포와 숨길을 파고드는 그 끔찍한 고통을 면할 수 있었을까? 하지만... 기절했는데도 그 얼음장 같은 바닷물이 언니를 다시 깨웠으면 어떡하지?

뇌를 잠식하는 생각들을 떨쳐 버리려 아무리 애를 써도, 언니가 죽음과 사투를 벌이는 동안 자신은 사치스럽게도 평범한 일상을 누리고 있었다는 게 너무도 기가 막혀 온몸을 쥐어뜯고 싶은 심정이다.

우리 언니, 혹시 못 봤니?

영정 사진 속 학생들 눈을 지그시 바라본다.

처절한 절규가 울린다.

"내 딸!!"

두 번째 줄 중간에 놓인 언니의 영정 사진을 발견한 엄마가 가슴을 부여잡고 오열한다.

"미나야! 네가 여기 왜, 여기서 뭐 하고 있어!"

엄마가 자식을 제일 먼저 찾아내는 것은 당연한 일일지도 모른다.

너무나 익숙한 얼굴이 너무나 낯선 검은 액자 속에 있다. 저... 볼록 솟은 광대와 매끄러운 긴 머리, 그리고 가지런한 이를 드러내는 저 미소.... 언니의 모든 증명사진에는 저 환한 미소가 담겨 있다. 모든 사진사마다 언니가 웃는 모습이 예쁘다며 늘 그녀를 웃게 했다.

언니에게 다가간다.

"언니...!"

언니가 여기가 어딘지도 모르고 웃고 있다.

침몰한 6,852톤의 배보다 더 무거운 공기가 윤영의 가슴을 누른다.

"교사 가족인가 봐."

안타까워하는 목소리들이 주위를 맴돈다. 교복 입은 학생들 사이에 있는 사복 차림의 어른은 그들의 선생님일 거라 모두가 짐작한다.

가족의 오열에 기자 한 명이 다가온다.

"혹시, 이분이... 언니신가요?"

지호가 기자의 질문을 막으려 했지만 윤영의 귀에 선명하게 꽂혔다.

"언니분에 대해서 말씀 좀 해주실 수 있으실까요?"

잔인한 질문을 한다.

"어떤 언니셨나요?"

그녀 가족에게 좋은 기삿거리를 부탁한다.

사진 속 언니의 촉촉한 눈을 바라본다. 윤영의 답을 그 누구보다 더 기다리고 있는 것 같다.

어떤 언니였어?

윤영이 묻는다.

언니가 웃고 있는 건지 울고 있는 건지 모르겠다.

우리

    윤영과 언니 사이에 자매간의 흔한 질투나 경쟁은 없었다. 오히려 같은 배를 탄 동반자 같았다. 둘은 미국에서 긴 학창 시절을 보낸 탓에 한자로 표기된 거리의 간판들을 잘 읽지 못하였으며, 늘 거절하지 못한 친구들의 영어 숙제를 시무룩한 표정으로 집에 가져오곤 했다. 언니 경우에는 영어 논문도 가끔 있었다. 사람들은 미국에서 몇 년만 있으면 영어를 원어민처럼 할 거라 생각하는 듯했다. 이들 자매에게는 그 기대에 부응해야 하는 평생 과업이 주어진 것이다. 그래서 그들은 서로에게 영어책을 추천하는가 하면 영미 영화와 시트콤을 보며 서로 질문도 하며 영어 감각을 유지하려고, 아니 높이려고 무진 애를 썼다. 둘 다 키가 작다는 점도 그들을 가깝게 했다. 옷을 같이 입고 키가 커 보이는 스타일을 공유했다. 그 스타일 전략은 제법 성공적이어서 신발을 벗고 들어가는 식당에나 가야 "키가 이렇게 작았어?"라는 말을 듣곤 했다.

    그들의 외모는 외할머니의 유전자를 이어받은 듯했다. 외할머니는 키는 작긴 했지만 마을에서 가장 예쁘다는 소리를 들었고, 엄마도 사람들이 예쁘다며 아빠가 첫눈에 반해 결혼했나 보다는 말을 했다. 두 분 다 나이에 비해 여전히 예쁘시다. 언니와 윤영도 어릴 때부터 예쁘다고 그들을 비교

하는 사람들이 많았다. 엄마는 매번 누가 누굴 더 예쁘다고 했는지 그들에게 슬쩍 일렀지만 정작 그들은 신경 쓰지 않았다. 그들의 외모는 분위기부터 완전히 달랐다. 언니는 쌍꺼풀이 없는 전형적인 동양인의 얼굴인 반면에 윤영은 쌍꺼풀이 있고 콧대가 높아 서구적인 느낌이 강했다. 그들이 함께 다니면 누구도 두 사람을 자매라고 생각하지 않았다. 쇼핑을 하며 언니가 윤영에게 짐을 들게 할 때면, 언니의 말투와 행동 때문에 그녀를 윤영의 못된 친구로 오해하는 사람도 있는 듯했다.

그들은 외모만큼이나 성격도 매우 달랐다. 즉흥적이고 별 큰 걱정 없이 사는 윤영은 뭐든지 꼼꼼히 비교하고 분석하는 언니가 피곤한 성격이라고 생각했다. 언니 컴퓨터 메모장에는 그녀가 경험한 모든 것들이 상세하게 기록되어 있다. 단순히 물건이나 맛집 리뷰가 아니라, 어떤 수선집이 뭐를 잘 고치고 가격은 얼마였는지, 몸 어디가 안 좋을 때는 어떻게 하니 효과가 있었는지, 노래방에서 자주 부르는 노래의 제목과 번호는 물론 심지어 음정을 얼마나 올리고 내려야 하는지와 같은 기록들 말이다. 언니는 인간의 기억력에는 한계가 있기 때문에 늘 적어놔야 한다고 했다. 윤영은 그녀가 너무 완벽하게 살려고 스스로를 지치게 하는 것 같다고 했다.

언니는 또래 여자들과 참 많이 달랐다. 지호와 최신 스마트 기기에 대해 이야기하는 것을 좋아했고, 거실에서 엄마, 윤영과 함께 그 흔한 드라마 한 편을 본 적이 없었다. 드라마 내용을 가지고 이렇다 저렇다 떠드는 것만큼 시간 낭비가 없다고 여겼다. 언니는 지혜나 지식을 얻을 수 있는 주로 팩트만 전달하는 것들에 관심을 가졌다. 진화하는 사기 수법에 관한 영상이라도 본 날에는 가족들에게 주의를 주느라 바빴는데, 윤영에게는 조금 조심스러운 태도를 취했다. 몇 번 듣기 싫다고 했기 때문이다. 하지만 언니는 단념하지 않고 TV나 책에서 삶의 지혜를 접하면 기억하고 있다가 윤영과 대화 중에 자연스레 슬쩍 끼워 넣었다. 자신의 시큰둥한 반응을 언니가 달가워하지 않는다는 걸 알지만 언니 잔소리는 엄마보다 더 심하다고 생각했다, 윤영은.

비록 언니의 열렬한 팬은 아니지만 언니의 장점들과 언니가 고생한 점들은 200% 인정한다. 윤영과 달리, 언니에게는 책임감, 의무감이라는 무거운 짐이 항상 얹혀 있었다. 아빠는 본인이 힘든 형편 속에서도 자신뿐만 아니라 자신의 동생들 학비까지 마련하려고 치열하게 살았기에, 맏딸인 언니에게 거는 기대가 그만큼 컸던 것 같다. 그렇다고 그가 극성스러웠던 것은 전혀 아니다. 단지 이따금 한 마디씩 던지고 지나가는 식이었다. 사람들을 경청하게 만드는 신뢰가 가는 목소리를 가져서일까? 언니는 그의 말을 매우 귀담아들었던 것 같다. 그녀가 당연히 시간의 소중함을 모르고 놀기나 할 어린 나이였을 때에도 아빠는 언니에게 시간을 잘 쓰는 사람이 나중에 성공한다고 했다. 그녀가 거실에서 TV 예능 프로그램을 보고 웃고 있으면 지나가면서 어떻게 저렇게 수준 낮은 것을 좋아할 수 있냐고 했고, 여느 10대 소녀처럼 연예인을 좋아하면 어떻게 그녀 자신보다 못한 사람을 좋아하느냐고 했다. 그의 장난 섞인 핀잔들이 지금의 언니를 만들었을 것이다. 같은 집에서 자랐는데도 윤영이 언니와 반대의 성격을 가진 것은 미스테리한 일이다. 윤영은 아빠의 말을 흘려들었다.

　언니는 고등학교를 졸업하면서 지긋지긋한 입시의 압박에서 벗어났다. 비록 자의적 압박이긴 했지만, 드디어 자유인이 된 것이다. 그녀는 수능을 치른 바로 당일, 해방의 환희에 젖어 친구들과 함께 귀를 뚫으러 번화가로 달려갔다. 한쪽 귀에 하나, 다른 쪽 귀에는 두 개를 뚫는 것이 당시 유행이었기에 언니도 그 유행을 따랐다.

　처음 며칠 동안은 구멍이 두 개 난 귀를 머리카락으로 잘 감추고 있어 아빠에게 들키지 않았다. 그런데 어느 날, 식사 중 먼 반찬을 집다 실수로 머리카락을 귀 뒤로 넘겨 버리고 말았다.

　"너, 이리 가까이 와 봐."

　아빠가 언니의 귓불을 잡고 구멍의 개수를 셌다.

　"연고 가지고 와."

　얼굴이 새빨개진 언니는 연고를 건넸고 그는 그 자리에서 하나가 더 뚫린 구멍을 메웠다. 언니는 그가 모든 구멍을 막지 않은 것에 감사했다. 다행히 윤영이 대학에 입학할 무렵에는 그가 신세대들을 이해할 만큼 마음이 열려 지금 윤영의 한쪽 귀에는 두 개의 구멍이 뚫려 있다. 그가 세월과 함께 변하는 모습은 참 신기했다. 거리 젊은이들의 노랑, 빨강 머리에 눈살을 찌푸렸던 그가 캐러멜색 바탕에 은빛 하이라이트가 들어간 큰딸의 머리를 보고도 아무 말 없이 식사를 이어갔으니. 아마도 사춘기 때 한국과 미국을 오가며 고생한 언니를 인정해 주는 의미인 것 같기도 했다.

언니는 그렇게 자유를 만끽했다. 그러면서 여느 젊은이들처럼 옷을 좋아해 영문학과 함께 의류 디자인을 복수 전공하게 되었다. 그녀는 쇼핑이 곧 '공부'라는 것에 감사하며 주말이면 하루 종일 지치지도 않고 동대문과 지하상가들을 누볐다. 언니는 친구들과 다르게 비싼 브랜드 옷에는 관심이 없어서 백화점 가는 일은 거의 없었다. 가격이 그녀에게 가장 중요한 요소이기도 했고 그녀는 약간의 엣지가 있는 독특한 옷을 좋아했다. 긴 쇼핑을 마치고 돌아오면, 언니는 그날 산 옷과 액세서리를 거실에 쏟아놓고 엄마랑 윤영에게 자랑을 하곤 했다. 그들이 어디서 그런 특이한 옷을 싸게 잘도 찾아 사느냐고 신기해하면 언니 입가엔 흐뭇한 미소가 걸렸다.

어느 날 언니가 거리에서 한 패션 잡지 기자가 자신을 촬영했다며 잔뜩 들뜬 적이 있다. 그때 그녀는 다리 한쪽당 열 발의 총알이 뚫고 지나간 것 같은 청바지를 입고 있었다. 윤영은 분명 "최악의 패션"에 실릴 거라고 했지만, 언니는 한 달 뒤, 의기양양한 표정으로 자신이 "베스트 스타일" 타이틀 아래서 포즈를 취하고 있는 페이지를 윤영 앞에 흔들었다.

그녀의 즐거운 대학 생활은 4학년 때 교수님의 취업 자리 소개로 일찍 끝이 났다. 영어 잘하는 사람은 어디서나 환영받았기에 한창 해외 시장을 확장해 가고 있던 한 의류 회사에 바로 취업이 된 것이다. 바로 그렇게 쳇바퀴 같은 삶, 사회생활이 시작되었다. 새벽 5시 반에 일어나 오전 9시에 서울 변두리에 있는 회사에 도착해 출근 카드를 찍고, 정신없이 일을 하고 집에 돌아오면 밤 9시였다. 씻고 바로 잠자리에 들기 바빴다. 어느 날 그녀는 친구들과 맥주를 마시다 살짝 취기가 올라 울면서 물었다.

"이게 뭐야? 내 시간은 어디 있어! 언제까지 이렇게 살아야 돼?"

조금 더 일찍 사회생활을 시작한 친구가 답했다.

"다 그렇게 사는 거야! 은퇴할 때까지는."

믿기 힘든 진실이었다.

그제야 언니는 방학이라는 단어가 있는 '학교'로 다시 돌아가야겠다고 다짐했다. 그래서 교원 자격증을 따기 위해 뒤늦게 대학원에 진학했다. 학교가 너무 싫어서 고등학교 졸업할 때 뒤도 안 돌아봤던 언니가 학교로 가겠다고 임용고시에 계속 도전하는 것이 아이러니했다. 교실 창문에 촘촘하게 박힌 방범창을 보고 애들이 우울증에 걸려 뛰어내릴까 봐 쳐놓은 거라며 학교가 감옥이라고 말한 그녀였다.

한국에서 최고의 직업 중 하나로 여겨지는 교사가 되기 위한 과정은 고되고 길었다. 언니는 시험에 계속 떨어지면서 교사라는 직업이 과연 자신에게 어울리는지를 의심하기 시작했다. 학생, 학부모, 사회로부터의 관심이 그녀의 자유로운 영혼에 부담이 될 거라고 걱정했다.

"학부모가 애한테 '네 담임 선생님 마트에서 봤다, 목욕탕에서 봤다, 남자랑 같이 가는 거 봤다.' 이럴 텐데."

이에 윤영은 "연예인이 되는 게 아니라 그냥 교사 되는 거야. 시험이나 먼저 합격하세요."라고 했고, 아빠는 "임신도 하기 전에 애 낳을 걱정하냐."라고 했다.

언니는, 세계 여행을 다니고 클럽을 가고 연애를 하며 젊음의 낭만을 만끽하는 친구들을 보면서도, 참아냈다. 아빠는 현재의 고통이 성공을 가져온다는 신념을 언니에게 꾸준히 각인시켰다.

언니는 스물여덟 살이 되던 해, 3년간의 긴 도전 끝에 드디어 '의자에 묶인 끈에서 풀려났다.' 말 그대로다. 자신이 엉덩이를 진득하게 붙이고 앉아 있지를 못하자 언니는 그만 좀 일어나기 위해 스스로 자신의 허리와 의자를 스카프로 묶었다. 한 번도 경험해 보지 않은 직업을 갖기 위해 청춘을 통째로 바치는 것은 매우 큰 모험이었지만, 다행히도 언니는 교직을 사랑했다. 학생으로 학교에 있는 것과 교사로 학교에 있는 것이 너무 달랐다는 게 그녀 얘기였다. 특히 언니는 자신이 학창 시절, 남들보다 심적 괴로움을 더 많이 겪었던 탓에 학생들에게 마음 건강에 대한 조언만큼은 잘해 줄 수 있는 것 같다며 뿌듯해했다. 자신은 왜 아빠처럼 강한 정신력으로 못 버텨내는지, 늘 스스로에게 엄한 잣대를 대며 자책하던 습관을 학생들에게 고백하는 데 주저하지 않았다. 그저 그들이 자신을 사랑하는 습관을 기르길 바랐다. 언니는 부정적인 생각은 좋은 결과를 낳지 못할 뿐만 아니라, 나쁜 사고 습관이 되어 앞으로의 삶도 스스로 불행하게 만든다는 것을 강조했다. "어떤 상황에서도 행복한 사람이 되자!", "뭐든지 즐기자!", 언니가 늘 주문처럼 하던 말이다. 과정 자체를 즐기는 것이, 좋은 결과를 가져오는 가장 간단하고도 최고의 방법이라는 것을 그녀 자신은 어렵게 배웠었다. 그래서 이것이야말로 학생들에게 가르쳐 줄 수 있는 최고의 지식이라 믿었다.

학교

언제부턴가 언니가 자신의 부패된 모습을 가족이 보면 충격을 받을까 봐 일부러 나오지 않는 것일까 하는 생각이 든다.

주변 사람들은 부모들이 자녀의 처참한 시신을 보지 못하게 막았다. 하지만 가뜩이나 고통스럽게 죽은 자식, 한 번이라도 더 보고 싶은 게 부모 마음이기에 그들은 주저하지 않고 아이를 덮은 천을 들어 올렸다. 그리고 아이의 머리를 쓰다듬는데... 살갗이 그대로 벗겨졌다. 발밑에서 불지옥이 열릴 때 그런 비명 소리가 들릴까?

어떤 부모들은 아이의 시신이 너무 깨끗하다며 오랜 시간 동안 살아 있었던 게 틀림없다고 원통함에 바닥을 뒹굴었다. 민간 잠수부들은 대부분의 아이들이 손가락이 부러져 있는 것을 보며 마지막 순간까지 살기 위해 벽이나 바닥을 기어오르려고 필사적으로 몸부림쳤을 거라고 했다. 실제로 해경이 바다에 잠기는 선체에 접근하는 동영상에 의자를 들고 객실 창문을 부수려는 것으로 보이는 한 학생의 처절한 몸부림이 어렴풋이 포착되기도 했다.

언니는 고집이 세서 한번 마음먹으면 그 누구의 말에도 잘 흔들리질 않는다. 그래서 언니의 시신을 찾아 달라고 기도하면서도, 언니에게 직접 나와 달라고 애원한다. 윤영은 그날 이후로 세상의 모든 신에 대한 믿음을 잃었다. 날이 거듭될수록 언니가 배에서 빠져나가 영원히 발견되지 않을까 봐 너무 두렵다.

신기한 일들이 일어난다. 아들을 잃은 한 엄마가, 꿈속에서 아이가 뱃머리 쪽에서 구해 달라고 말했다고 한다. 그래서 그녀는 아들의 반이 4층 중간 객실에 배정돼 있었지만 뱃머리를 수색해 달라고 구조대에 간곡히 부탁했고 바로 그곳에서 아들을 찾았다고 한다.

왜 언니는 꿈에 한 번도 나오질 않는지 모르겠다. 가족의 고통을 덜어주기 위해서라면 뭐라도 할 언니인데. 살아서도 아니고 언니 몸의 일부만이라도 찾을 수 있게 해 달라는 기도가 이리 큰 욕심일 줄 몰랐다.

컴컴한 어둠 속, 윤영은 침대에 누워 시간의 감각을 잃었다. 방안의 찬 공기가 그녀 몸을 지그시 누른다. 고통에 일그러지는 눈과 이따금 경련하는 입술이 아니면 죽은 몸뚱이나 다름없다.

잠수부의 말이 그녀 귓가에 맴돈다.

"배 잔해에 깔린 애들한테 '집에 가자.'라고 하면 신기하게 몸이 스윽 빠져나와요."

"집에 와, 언니...."

목이 조인다.

오늘 밤도 이 고통은 윤영을 여기저기 질질 끌고 다닐 것이다. 결국 그녀가 지쳐 잠에 들어버릴 때까지. 그리고 몇 시간 후면 언니가 그 차가운 바닷속에 있는데 어떻게 태연하게 잠을 잘 수가 있었는지 자신을 혐오할 것이다.

"꺄아아악!"

여자아이들의 비명 소리에 눈을 번쩍 뜬다.

창밖의 환한 빛이 눈을 찌른다. 멀지만 너무도 선명했던 그 날카로운 비명 소리에 심장이 거세게 뛰어댄다. 가끔 뭐가 꿈이고 뭐가 현실인지 모르겠다.

"일어났어?"

지호가 살며시 문을 연다.

"학교 같이 갈래?"

그가 이미 나갈 복장을 하고 있다. 아주 이른 시간은 아닌가 보다.

고개를 끄덕인다. 언니의 학교에 가는 게 아직 용기가 나질 않았었다. 지호에게 고맙다. 본인도 힘들 텐데.

밝은 햇살에도 거리는 쌀쌀하다. 가을 낙엽이 그들 발밑에서 바스락거린다. 작년 가을은 평범했었다. 언니가 있어야 할 곳에 있었던 작년 가을에는.

"우리가 행복하단 걸 알았어야 했는데, 그치?"

불쑥 그녀 입에서 튀어나온 말이다.

"어?"

지호가 갑작스러운 질문에 잠시 당황하는가 싶더니 이내 이해하는 표정이다.

길바닥에 떨어진 진홍빛 낙엽이 윤영의 심장을 닮았다. 밟히고 피 흘리는…. 어떻게 해서든지 그녀를 아프게만 하려고 드는 세상, 거지 같다.

매일 아침 8시 언니가 씩씩하게 밟았을 그 길을 밟는다. 서두르는 길이었을 것이다. 지각하는 학생들을 꾸짖고 벌주는 선생이 늦는다는 건 민망한 일이니까. 얼른 가서 물도 한 잔 마시고 메신저로 반 아이들에게 전달할 내용도 확인해야 했을 것이다. 언니의 가쁜 숨소리가 귓바퀴에 가득 찬다.

"열었다."

지호가 골목으로 들어가며 무거운 침묵을 깬다. 따라가니 꽃집이다.

"어, 안녕하세요. 오랜만이시네요."

주인이 지호를 반긴다.

"여기 온 적 있어?"

지호가 이런 데를 왔었다니 놀랍다.

"누나 생일 선물로 꽃 사러."

"네가? 꽃을?"

"뭘 살지 몰라서."

늘 짤막한 그의 대답.

"물 자주 안 줘도 되는 거 있나요?"

"음… 이 선인장 어떠세요? 한 달에 한 번만 주시면 돼요."

지호가 윤영을 본다. 그녀가 고개를 끄덕인다.

언니는 막내 지호가 너무 애 같다고 걱정스러워했다. 그가 좀 더 남자답고 센스도 넘치길 바라는 욕심 있는 언니였다. 그가 잘 자라고 있는 모습을 언니가 볼 수 없다는 사실이 애통하다.

어느새 버스 정류장이 보인다. 가슴에 노란 리본을 단 십 대 소녀가 벤치에 앉아 있다. 리본은 희생자들에 대한 애도의 표시라고 사람들은 말한다.

"안녕."

윤영이 소녀 옆에 앉는다.

"친구들도 그 리본 많이 다니?"

소녀가 아무 말도 하지 않는다.

짧게 고개라도 끄덕일 수 있는데 침묵이 당황스럽다.

"언니가…."

소녀가 어렵게 입을 뗀다.

"단원고 다녔어요."

생각지 못한 대답에 윤영이 할 말을 잃는다.

불편한 정적이 흐른다.

지호가 분위기를 바꿔 보려 한다.

"그럼 우리 서로 진도에서 봤을 수도 있겠네요."

나도, 언니를 잃었어.

"거기, 형제자매들 있는 친구들이 많겠구나…."

윤영이 마치 자신은 아닌 것처럼 얘기한다.

소녀가 고개를 떨군다.

"학교에서 상담 같은 거 해 주니?"

정부에서 유가족에게 상담을 제공하고 있다고 들었다. 윤영은 신청하지 않았다.

"네... 가끔요. 별로 도움은 안 돼요."

아무것도 소용이 없을 것이다. 그들의 삶은 이미 이어 붙일 수 없을 만큼 산산조각 났으니까.

"저 버스 왔어요."

소녀가 자리에서 일어나 손을 들어 버스를 세운다.

윤영이 버스 뒤를 멍하니 바라본다. 그들 다 이 지옥을 어떻게 헤쳐나갈 수 있을까? 어떻게 평범한 척, 정상인인 척하고 살아갈 수 있을까...?

버스에서 내리니, 학교가 황량한 풍경 속에 우뚝 서 있다.

학교 담장과 교문에 묶인 수천 개의 노란 리본이 요란하게 펄럭인다. 윤영과 지호의 심정 같다.

너무 샛노래 눈이 아린다.

축젠가?

"괜찮아?"

교문을 들어서며 지호가 묻는다.

간신히 고개만 끄덕인다. 그에게도 물어봐 주지 못해 미안하다.

음습한 슬픈 기운이 짙은 안개처럼 건물 전체에 스며 있다.

멈춰있던 걸음을 건물 안으로 옮긴다.

한 학년의 4분의 3이 사라진 복도에 비통한 정적이 흐른다. 내딛는 한 걸음 한 걸음이 비명이고 고통이고 눈물이다. 복도 벽에는 이곳에 쾌활한 웃음만 남기고 돌아오지 못하는 아이들을 위한 추모 메모들이 가득하다.

어둠 속 복도 저 끝자락에서, 그 강당 문이 다가온다. 순간 몸이 그대로 굳어버린다. 심장이 날뛴다.

140

18개월 전

"윤영아, 엄마 지금 학교 도착했어!"

전화기 너머로 엄마의 목소리가 떨린다.

"네 아빠 지금 오고 계시대."

"잠깐만, 거의 다 왔어.... 저 잠시만요."

윤영이 핸드폰을 귀에 붙인 채 북적이는 인파를 뚫고 강당으로 뛰어간다. 걱정과 두려움에 가득 찬 얼굴들이 저마다 누군가와 통화를 하고 있다.

"윤영아!"

엄마가 그녀를 보고 소리친다. 얼굴이 잿빛이다.

"엄마!"

윤영이 가쁜 숨을 몰아쉬며 달려간다.

취재진, 학부모, 교사, 모두가 뒤얽혀 있다.

한 교사가 마이크를 잡자 모두의 시선이 일제히 그에게 집중된다.

"학생 전원이 지금 팽목항에서 진도 체육관으로 이동 중임을 알려 드립니다. 학생 두 명이 경상을 입었다고 합니다."

"어디를 얼마나 다쳤대요?"

"그럼 다 구출된 거예요?"

"다 무사한 거죠?"

감사의 기도, 안도의 한숨이 터진다. 저마다 떨리는 숨을 삼키며 가족들에게 이 소식을 전하려 휴대폰을 귀에 댄다.

엄마와 윤영이 서로 부둥켜안는다. 두 개의 심장이 함께 격렬히 요동친다.

"아빠!"

강당을 헤집고 들어오는 아빠를 보고 윤영이 손을 번쩍 든다.

"구출됐대? 맞아?"

오는 길에 들었나 보다.

윤영과 엄마가 동시에 크게 고개를 끄덕인다.

강당으로 사람들이 계속 들어온다. 공포와 충격이 가시지 않은 얼굴들이다.

"근데 우리 애가 왜 전화를 안 받지?"

한 엄마의 겁먹은 목소리, 몹시 떨린다.

"오늘 아침 9시 40분에 연락되고 계속 연락이 안 돼."

....?

술렁임이 커진다.

윤영이 엄마를 본다. 이미 언니에게 전화를 걸고 있다. 전화기에 눌린 엄마의 얼굴이 벌겋다.

"먼 바다라서 전화가 잘 안 터지는 걸 거야."

한 남성이 그의 아내를 안심시키려 한다.

"그래요, 맞아요. 바다 한가운데서 어떻게 전화가 잘 되겠어요?"

주변 사람이 거든다.

"우리 아들이 문자를 보냈었어요. '엄마, 배가 기울고 있어.' 이렇게요."

한 엄마가 주변 부모들에게 문자를 보여준다.

윤영이 엄마의 손을 꼭 잡는다.

어느 아빠가 학교에서 받은 문자라며 읽기 시작하자 윤영의 귀가 번쩍 선다. 교사의 가족은 그 문자를 받지 못했다.

"9시 57분, '수학여행단이 탑승한 여객선이 현재 고장으로 인하여 선체가 기울어진 상태이고, 현재 해경에서 구조 작업을 진행 중이며 모든 학생이 구명조끼를 착용한 것을 확인한 상태입니다. 교감이 함께 탑승 중이며 지속적으로 통화하고 있습니다. 현재 학생들은 무사한 것으로 확인됐습니다. 너무 걱정하지 마시고 상황에 변동이 생기는 대로 바로 연락드리겠습니다.' 10시 5분, '학생 우선으로 구조 중이며 배는 침몰 상태가 아닌 기울어진 상태이며 여러 척의 구조선이 도착해 있는 상황입니다.' 11시 6분, '학생 324명 전원 무사히 구조 완료되었습니다.'"

윤영이 엄마의 흔들리는 눈동자와 마주친다.

"엄마 들었지? 다 구조됐대!"

그녀가 엄마의 등을 쓰다듬자 엄마가 어린아이처럼 눈물을 주르륵 흘리며 고개를 끄덕인다. 그제야 아빠도 억눌렸던 한숨을 길게 토한다. 가족 모두 붉게 달아오른 낯빛이 쉽사리 가시질 않는다.

윤영이 핸드폰의 단축번호 3을 누른다. 언니의 번호다.

"연결 중."

화면에서 글자가 사라지질 않는다.

학생들 때문에 정신이 없겠지. 아니면 지금 전화가 잘 안 터져서….

불길한 생각을 차단한다.

"누구랑 있니? 친구 다리가 부러졌다고?"

한 부모가 아들과 연락이 된 것 같다. 기자들이 카메라들을 달고 달려온다.

"여보세요? 여보세요?"

"어떡해…!"

부모들이 마치 자신의 아이가 다친 것처럼 발을 동동 구른다.

모두가 서로의 대화에 귀를 바짝 세우고 있다. 도대체 지금 무슨 일이 일어나고 있는지 알 수가 없다.

"팽목항으로 가실 부모님들은 밖에 버스가 와 있으니 탑승하시기 바랍니다."

부모들이 학교의 안내 방송을 듣고 서둘러 밖으로 나간다.

"가자!"

아빠가 엄마의 등에 손을 얹는다.

"나도 갈게요."

겁을 숨기려는 윤영의 목소리가 단호하다.

인파에 휩쓸려 나온 운동장. 순식간에 학교 주변이 버스, 취재진, 경찰로 가득 메워졌다. 운동장을 크게 한 바퀴 훑는 카메라를 발견하고 윤영이 얼른 고개를 돌린다. 기자가 인터뷰를 위해 그녀 뒤에 있는 학부모 한 명을 붙든다.

엄마는 여전히 핸드폰을 귀에 대고 있다. 언니에게 음성 메시지를 남긴다.

"엄마야. 왜 전화를 안 받니? 이거 들으면 엄마한테 전화해."

윤영이 혹시나 싶어 핸드폰을 확인하지만 부재중 전화는 없다.

"다 못 탈 것 같은데."

엄마가 버스 앞에 길게 늘어선 줄을 보고 말한다.

버스 문이 닫힌다. 다른 버스가 없는지 모두가 두리번거린다. 곧 버스가 더 들어오면서 비켜 달라는 아우성이 들린다.

엄마가 일그러진 얼굴을 아빠에게 돌린다.

"미나 잠바랑 담요! 애 추위를 많이 타서. 바닷가라서 엄청 추울 거야."

아빠가 고개를 끄덕이며 엄마가 말한 것들을 챙기러 서둘러 집으로 간다.

엄마와 윤영은 다시 학교 건물 안으로 들어간다. 소란이 좀처럼 진정되질 않고 있다.

"왜 버스 안 타셨어요?"

안에 남아 있던 기자가 계단에 쪼그려 앉아 있는 한 엄마에게 질문을 한다.

"이분 아파요. 방금 병원에서 나와서 장거리 못 가요."

옆에 있는 사람이 대신 답한다.

다시 강당 안. 부모들을 태운 버스들이 잇달아 진도로 떠나고 있지만 사람들은 좀처럼 줄지를 않고 있다.

"하아…."

갑자기 스피커에서 괴로운 탄식이 들린다.

모든 시선이 마이크를 든 교사에게로 향한다. 강당 전체가 고요해졌다.

왜 한숨을...?

"정말 죄송합니다...."

마이크를 잡은 교사의 손이 떨린다.

...?

"착오가... 있었습니다."

"무슨 착오요?"

사람들이 소리친다.

"구조자 수를 정정합니다."

구조자 수??

"구조자 수는... 140명입니다."

비명과 카메라 플래시가 맹렬하게 터진다.

추락

"아아아악!!"

날카로운 비명이 치솟는다.

윤영의 심장이 목구멍까지 튀어 오른다.

"네?? 뭐라고요? 구조자라니요?"

"전원 구조됐다면서요??"

"구조자가 140명이라니, 무슨 말을 하는 거예요!"

"이리 와, 이 새끼야! 너 뭐라고 했어?"

몇몇 부모들이 단상 위 교사에게 달려든다.

한 아빠가 단상 아래 있는 문을 발로 차며 고함친다.

"도대체 거기서 무슨 일이 일어나고 있는 거야! 나와서 말해!"

부모들이 바닥에 주저앉아 어린아이처럼 목을 놓아 운다.

윤영의 몸이 심하게 떨린다.

엄마가 숨을 제대로 쉬지 못하고 꺽꺽댄다.

"저게 무슨 소리니, 윤영아? 구조자라니??"

몸이 마비된 것 같다.

한쪽에서 부모들이 카메라를 끄라고 소리친다.

한 여교사가 나타나자 방송국 취재진들이 그녀를 에워싼다.

"인원수에 대해서는 해경 본부에서 저희에게 통보해 주고 있는 상황인데, 제가 듣기로는 아까 12시에 구조자가 140명 정도라는 것까지 들었고 그 이후로는 아직 해경이 발표하지 않은 상황이에요."

단상에 있는 대형 모니터로 뉴스가 나온다. 그 어떤 매체도, 기관도, 정부도 정확하게 파악된 것이 아무것도 없다고 한다. 전원 구조 보도가 어떻게 나갔는지조차 아무도 모른다.

"정확하게 구조자 숫자가 몇 명이에요!"

부모들이 이구동성으로 소리 지른다.

"도대체 뭐가 어떻게 된 거야! 무슨 상황인지를 알아야 뭘 어떻게 하지!!"

윤영이 엄마를 확인한다. 그녀가 기절할까 봐 겁이 난다. 자신도 숨이 잘 안 쉬어진다. 심장이 쥐어짜인다.

부모들이 더 이상 아는 것이 없다는 학교 관계자들에게 욕을 하고 고함을 친다.

아비규환이다. 악몽도 말이 안 되는 악몽이다.

안내 방송이 나온다.

"현재까지 77명이 구조됐고, 한 명이 숨졌습니다."

비명이 터진다.

"77명??"

부모들이 울며불며 몸부림친다.

"무슨 소리 하는 거예요, 또!!"

"아까 140명 구조됐다면서요! 왜 이러는 거예요, 진짜!!"

"이 개자식, 이리 와."

한 아빠가 방송을 한 교사를 향해 돌진한다.

"곧 명, 명단을 발표하겠습니다."

교사도 떨고 있다. 부모들과 같이.

"엄마, 여기 있어 봐."

윤영이 복도로 뛰어나간다. 발에 감각이 없다. 땅 위를 미끄러지는 것 같다. 옆으로 사람들이 지나가는 걸 보니 앞으로 가는 것 같긴 한데 앞이 안 보인다.

언니, 제발, 제발. 심장이 밖으로 튀어 나가 버릴 것만 같다.

한 교실, 교사가 교탁에서 구조된 학생 수를 발표하고 있고 책상에 앉은 기자들은 정신없이 노트북 키보드를 두드리고 있다.

윤영이 강당으로 뛰어 들어가는 아빠를 보자 그제야 자신이 교내를 한 바퀴 돈 것을 알아차린다.

"아빠!"

울음을 터뜨린다.

뭔가 심상치 않은 분위기에 아빠의 눈빛이 흔들린다.

"구조자 77명의 명단이 지금 벽에 붙어 있습니다."

교사가 가리키는 벽으로 사람들이 달려간다.

"무슨 소리야? 무슨 77명!!"

아빠가 고함친다.

엄마가 사람들에게 둘러싸여 명단을 읽고 있다. 그녀가 덜덜 떤다. 가까스로 피한 트럭이 방향을 틀어 그들을 향해 다시 돌진해 오고 있다. 명단을 더듬어가며 이름을 찾으려는 간절한 중얼거림이 강당에 무겁게 깔린다.

"이름 있을 거야."

"김...."

"아, 아니, 아냐."

"최현...."

"아악! 어딨어?"

부모들이 발을 동동 구른다.

울음, 웅얼거림, 비명이 뒤섞여 지금까지 한 번도 들어 본 적 없는 괴이한 소리가 난다.

윤영이 이름들을 읽어 내려간다.

박미나. 박미나. 있을 거야. 꼭 있을 거야. 제발....

첫 번째 열, 없다. 숨이 멎는 것 같다. 그다음 열로 가기가 무섭다. 사람들의 손가락이 그녀를 더 혼란스럽게 한다. 계속 밀려드는 사람들 때문에 두 번째 열을 잘 읽을 수 없자 다시 첫 번째 열로 돌아간다. 언니 이름이 없는 걸 다시 한번 확인하니 속이 심하게 울렁거린다.

"저기!"

누군가의 외침에 고개를 돌린다. 사람들이 그들이 있는 반대편으로 달려가고 있다. 명단 사본이 붙었나 보다.

"엄마, 저기로 가자."

윤영이 달린다. 엄마, 아빠가 뒤따른다. 눈이 뜨겁다. 눈을 꼭 감아 눈물을 짜낸다. 명단의 두 번째 열부터 다시 시작한다.

박! 다음 글자를 읽으려는 찰나 옆에 있는 사람에게 밀린다. 다시 제자리로 와 팔을 뻗어 글자 '박'에 손가락을 댄다. 그러나 이름은 박미란, 박선호. 뒤에서 울고 있는 부모님을 위해서라도 빨리 이름을 찾아야 한다. 옆의 아주머니가 바닥에 털썩 주저앉지만 윤영은 일말의 동요도 없이 계속 읽어 나간다. 77명의 명단이 믿기지 않을 만큼 휑하다.

박미... 박미.

심장이 멈췄다.

"박미나! 엄마, 아빠! 언니 이름 여기 있어!"

엄마가 고개를 앞으로 내밀어 본인 눈으로 직접 확인하더니 아빠 품에 쓰러진다. 운다.

"감사합니다, 감사합니다...!"

아빠가 손으로 눈을 가린다.

"딸...!"

그가 감정에 휘둘리는 모습을 처음 보인다.

안도의 눈물을 흘리는 사람이 몇 되질 않는다.

"내 아들 이름 어디 있어?? 내 아들 어딨냐고!"

"왜 안개 낀 날 애들을 배에 태운 거야! 이게 다 교장 잘못이야!"

지옥 구덩이에서 구사일생으로 건져진 자들과 아닌 자들 사이에 선명한 경계가 그어진다.

몸부림치는 사람들 앞에서 윤영의 가족의 고개가 무겁다. 곧 추가 명단이 나올 거라고 안심시키려는 목소리가 여기저기서 들린다.

엄마가 아직 충격에서 회복 못한 얼굴로 아빠에게 언니 외투를 묻는다. 그가 아이보리색 패딩을 꺼낸다. 엄마가 손으로 패딩 두께를 확인한다.

"잘 가져왔네요, 이거면 되겠네."

윤영의 가족이 사람들의 통곡을 헤집고 힘겹게 계단 통로로 빠져나온다. 바닥에, 계단에 아무렇게나 쓰러져 있는 부모들을 지나며 눈물이 멈추질 않는다. 모두 다 구조됐다는 정정 방송이 곧 나오기를 간절히 기도한다.

지옥의 미로를 통과해 당도한 운동장. 온 국민이 지켜보는 장면 한가운데에 자신의 가족이 있다는 것이 너무 비현실적이다.

버스에 올라 엄마, 아빠를 나란히 앉히고 윤영은 통로 건너편 자리에 앉는다. 좌석이 금방 차고, 기사가 시동을 건다.

아빠가 엄마의 손을 잡는다. 손 한번 안 잡는다는 엄마의 불평에 잠시 장난스럽게 잡을 때 말고는 처음 보는 장면이다. 윤영이 핸드폰 화면을 켠다. 부재중 전화가 없다. 보면 바로 전화하라고 언니에게 문자를 보낸다. 언니와 연락이 안 되는 이 상황이 너무 낯설다. 윤영이 연락도 없이 집에 늦게까지 안 들어올 때마다 매번 전화를 한 건 언니였다. 언니는 어렸을 때부터 집에 늦게 들어온다거나 가족을 걱정시킬 만한 일을 한 적이 전혀 없었다. 차라리 그녀가 덤벙대서 핸드폰을 어디에 두었는지 잠시 깜빡한 것이길 바란다.

부모님 앞 좌석에 한 엄마가 당장이라도 정신을 잃을 것처럼 축 늘어져 있다. 그녀를 간간이 체크해야겠다고 생각한다.

언니가 기우는 배 안에서 겪었을 공포를 생각하니 심장이 오그라드는 것 같다. 몇 명이 더 구출됐는지 핸드폰으로 뉴스를 뒤적이지만 구조자 숫자는 77에 멈춰 있다.

뭐가 어떻게 된 거야??

구조의 진행 상황을 알려주는 기사가 하나도 없다. 말이 안 된다. 목구멍이 뜨겁다. 두려움만큼 화가 치민다.

엄마가 지호와 통화를 하고 있다. 지금 진도로 가는 길이며 언니와 함께 자정쯤에 집에 도착할 것 같다고 말한다.

언니가 집에 갈 수 있을까? 선생님이라서, 애들 때문에….

핸드폰을 꼭 쥔 채 눈을 감는다.

제발 진동이 울리길….

모두가 핸드폰만 꼭 붙들고 있다. 드르르 짧은 핸드폰 진동 소리에 모두의 신경이 집중된다. 집단적으로 자식과 연락이 되지 않는 이 상황을 대체 어떻게 받아들여야 할지, 극도의 혼란과 공포가 뒤엉킨다.

윤영의 두 손이 앞좌석 손잡이를 움켜쥔다. 머리를 파묻는다. 눈물이 수직으로 바닥에 떨어진다.

우리가 걱정하고 있단 걸 알 텐데? 우리가 사고를 알고 있는 걸 모르나? 온 나라가 알고 있단 걸?

"잘못했어요…."

불쑥 용서를 비는 말이 나온다. 존재하는 모든 신에게 자비를 베풀어

달라고 애원한다.

머리도 심장도 터져 버릴 것만 같다.

핸드폰을 바다에 빠뜨렸나? 내 번호는 못 외워도 엄마, 아빠 번호는 알잖아. 핸드폰 빌리면 되잖아. 너무 바쁜가? 잠깐 메시지 하나 보내기에도?

다시 통화 버튼을 누른다.

"고객이 통화 중입니다."

숨이 멎는 것 같다. 언니의 번호가 맞는지 핸드폰을 내려 확인한다. 심장이 목구멍 밖으로 튀어나올 것 같다. 엄마, 아빠에게 이 기쁜 소식을 알리기 위해 잽싸게 몸을 돌린다.

아... 아냐!!

엄마가 눈을 동그랗게 뜨고 핸드폰에 귀를 붙이고 있다. 순간 치솟았던 기쁨이 처참히 꺼진다. 그 짧은 찰나에도 무한히 느꼈던 신에 대한 감사가 증오로 바뀐다. 뭐든지 하겠다는 약속을 지킬 기회가 주어지는 줄 알았다.

자신 때문에 통화 중이었다는 걸 엄마한테 어떻게 말해야 하나...! 절망에 허우적대는 윤영의 눈동자가 엄마의 것과 마주쳤다.

"엄마, 나야.... 내가 언니한테 전화 한 거야."

엄마가 얼른 이해를 못 한다.

"둘이 동시에 전화하면 통화 중으로 나와."

서러운 죄책감이 그녀 목소리에 얹힌다.

엄마가 이를 부정하듯 전화를 끊고 다시 통화 버튼을 누른다. 신호음만 들린다, 음성사서함으로 넘어갈 때까지. 계속 그랬던 것처럼.

"애 밧데리 닳으면 어떡하려고."

아빠가 말한다.

엄마가 고개를 뒤로 젖힌다. 소리 없이 가슴을 움켜쥔다.

언니의 모습이 윤영의 머릿속을 떠다닌다. 학생들에게 배 밖으로 나가라고 소리치는 모습, 구명조끼를 입고 수영해서 탈출하는 모습, 그런데 언니는 수영을 못한다, 물을 첨벙대며 고개를 돌려가며 학생들 이름을 외치는 모습, 육지에서 학생들의 수를 세고 충격에 빠지는 모습.... 학생들을 책임지는 선생님으로서 언니가 얼마나 무서웠을지 상상조차 힘들다.

언니 이름이 구조자 명단에 있지 않았냐며 애써 자신을 안심시키려 한다. 그리고 모두의 안전을 간절히, 간절히 기도한다.

여객선과 가장 가까운 항구가 팽목항이라고 한다. 여느 사람들처럼 들어본 적도 없는 이름을 핸드폰에 검색한다. 전라남도에 위치한 진도의 작은 항구로 한반도의 남서쪽 모퉁이에서 조금 벗어난 곳에 있다고 한다.

그곳까지 얼마나 걸리는지 궁금해하는 찰나, 뒤에서 5-6시간 걸릴 거라는 소리가 들린다. 시골 할머니 댁에 가는 길보다 두 시간이나 더 멀다. 그렇게나 오래 이 고문을 견뎌낼 수 있을지 모르겠다.

잿빛 하늘, 잿빛 아스팔트, 잿빛 세상이 계속 펼쳐진다. 그들을 점점 더 어두운 곳으로 데려가는 것 같다. 처음부터 모든 게 잘못됐다는 생각을 떨쳐버릴 수가 없다. 오늘 아침 날씨도 이상할 정도로 우울했다.

몸에서 피가 다 빨려 나간 것 같다. 이제 뇌도 감각이 없는 것 같다. 주변에서 아주 짧게 울리는 핸드폰 진동 소리만이 그녀 의식이 아직 살아 있음을 알린다.

버스가 긴 터널 속으로 미끄러진다. 졸음운전 방지를 위해 터지는 화려한 조명과 요란한 사이렌 소리가 그나마 남아 있는 정신을 쥐어잡고 뒤흔든다.

제발 이 최악의 악몽에서 깰 수만 있다면....

남쪽으로 갈수록 터널이 더 많아진다. 칠흑의 어둠에 삼켜지고 잿빛 현실로 내뱉어지기를 반복한다.

핸드폰을 다시 확인한다. 3시간이 지났는데도 여전히 연락이 없다. 언니와 이 수학여행에 대해 웃으며 이야길 나눈 게 머릿속에 너무나 선명하다. 고작 며칠 전이었다.

어떻게 이렇게 연락이 안 될 수 있어? 뭐 하는 거야??

이 수학여행과 관련된 모든 것에 분노가 치민다. 그들이 가고 있는 항구 이름 '팽목'도 기괴할 만큼 우스꽝스럽다. '세월호'라는 여객선 이름도 싫다! 세월, 누가 배에 그런 우울한 이름을 짓는가?

눈물이 멈추질 않는다. 창문에 머리를 기댄다. 창문에 비친 엄마가 열렬히 염주를 돌리고 있다.

언니가 핸드폰을 쥐고 배터리가 다 닳았었다고 너무 미안하다며 달려오는 모습을 상상한다.

용서해 줄게. 무사하기만 해.

창밖만 바라본다. 자리에 앉아서 할 수 있는 게 이것밖에 없다.

남들에게 폐 끼치지 않고 착하게 열심히만 살았던 자신의 가족에게 나쁜 일이 일어날 수가 없다며 스스로를 안정시키려 애쓴다. 그들은 벌을 받을 이유가 없으니까. 하지만 머릿속에서 나지막한 목소리가 속삭인다, "여기 다른 사람들은, 이유가 있니?"

버스 출발 후 한마디도 없던 기사의 목소리가 무거운 공기를 휘젓는다.

"곧 팽목항이 있는 진도에 도착하겠습니다."

눈물로 얼룩진 뺨을 비빈다. 창문 너머, 진도로 이어지는 다리가 눈앞에 펼쳐진다. 언니가 수학여행을 떠나면서 무슨 옷을 입고 나갔는지 기억해 본다. 그래야 버스에서 내리자마자 수백 명의 군중 속에서 빨리 언니를 찾을 수 있을 테니까. 언니가 너무 애 같아 보인다고 했던, 가운데 노란 오리 그림이 있는 네이비 후드티가 번뜩 떠오른다.

세월의 흔적이 역력한 여관과 횟집 간판들이 도로에 얼굴을 내민다. 낯설어서 설렌다며 언니가 좋아할 풍경이다.

드디어 몇 분만 지나면 왜 언니가 그토록 전화를 못 받았는지 알게 된다. 마른침을 삼킨다. 버스가 속도를 줄이며 큰 주차장 안으로 들어선다. 길고도 모진 고문이 마침내 끝이 난다.

"조심히 내리세요. 좋은 소식이 있기를 바랍니다...."

기사가 오래도록 고개를 숙인다.

돔

바닥에 엎질러지는 콩들처럼, 사람들이 버스에서 쏟아진다.

취재진들이 가족들을 맞이한다.

카메라들을 밀치고 달려간다.

"구조된 사람들은 어디 있어요?"

엄마가 묻는다.

"저기 체육관으로 가세요. 천막 있는 곳 보이시죠?"

모두가 그곳으로 달린다. 입구에 도착하니, 한 남자가 엉엉 울며 들것에 실려 나오고 있다. 저 문 뒤에 무엇이 그들을 기다리고 있는 것인가?

체육관에 들어서자 몸이 그대로 굳어버린다.

일부도 아닌 모두가 저마다 아이 이름을 울부짖고 있다. 전혀 예상치 못한 광경이다. 이곳에 도착할 쯤이면 모든 구조가 끝나 있을 거라 생각했다. 부모들이 가슴을 쓸어내리며 아이들과 눈물의 재회를 하는 장면을 상상했다.

이곳, 몇 시간 전 학교 강당과 다를 바가 없다. 여전히 아이들도, 교사들도, 언니도 없다.

"미나야!"

"언니!"

그들의 외침이 수백 명의 아우성에 묻힌다.

부모들이 혼비백산이 되어 아이를 찾아 헤맨다. 얼른 아이를 이 지옥에서 꺼내 집으로 데려가야 한다.

"저는 단원고 학부모인데요."

단상에서 한 남자가 마이크를 잡고 말한다.

"단상 오른쪽에 보시면 명단이 있습니다!"

말이 채 끝나기도 전에 엄마가 명단을 향해 뛰어가고 윤영과 아빠도 뒤따른다. 사람들이 빽빽이 모여 있어 명단이 잘 보이질 않는다. 부모들이 자녀의 이름이 명단에 없다는 사실을 받아들이지 못해 자리를 떠나질 못하고 있다.

"박미나, 박미나...."

엄마가 울면서 필사적으로 이름들을 읽어 내려간다.

윤영이 언니의 이름을 놓쳤나 싶어 다시 명단 첫 줄로 돌아간다.

엄마의 비명이 터진다.

"미나 이름 어디 있어? 아까 명단에 있었는데, 어디 있어!! 어디 있어, 내 딸!!!"

그녀가 몸부림친다.

순간 모든 소음이 사라진다. 울부짖는 엄마와 이 상황을 받아들일 새도 없이 그녀를 부축하는 아빠. 고통으로 일그러진 그들의 얼굴이 TV 속 화면처럼 아득해진다.

언니가 명단에 없으면, 언니가 그럼 어디에 있다는 건가?

"왜, 명단이, 이전 거랑 다른 거야?"

엄마가 뒤엉킨 호흡으로 겨우 말을 잇는다.

누가 윤영의 몸을 쥐어잡고 마구 흔드는 것 같다.

꿀럭, 아빠의 목젖이 마치 칼이 들이대어진 듯 크게 울렁인다.

"언니!"

"미나야! 엄마 왔어!!"

"2반 선생님 박미나!"

그들의 눈동자가 사방을 샅샅이 헤집는다.

언니 이름이 추가된 새 명단이 나오진 않을까 계속 벽을 확인한다. 턱 밑에 뜨거운 눈물이 맺힌다.

"윤영?"

뒤에서 여자 목소리가 들린다.

언니? 그럼 그렇지!!

눈물범벅이 된 윤영이 미소를 띠며 뒤를 돈다.

"윤영? 네가 왜 여기 있어?"

"…!!"

화가 나 얼굴이 굳어버린다. 몇 년 만에 보는 초등학교 친구가 왜 갑자기 여기서 등장하는가! 세상이 또 그녀를 조롱했다.

"안, 녕… 너구나."

윤영이 깊은 실망감을 감추지 못한 얼굴로 대답한다.

"언니 찾고 있어...."

방금 자신이 '찾고 있다'는 말을 한 것이 믿기지 않는다.

"언니? 미...."

"미나."

친구가 윤영을 덥석 끌어안는다.

"너는 왜...?"

울음이 터지기 전에 얼른 되묻는다.

"내 사촌...."

"명단에 있어?"

"응, 근데 안 보여."

"명단에 있으면...."

그녀가 부럽다.

"너희 언,"

윤영이 말을 끊었다.

"이따 얘기하자."

그 질문이 무엇인지 안다. 답하고 싶지 않다.

윤영의 눈동자가 다시 정신 나간 사람처럼 갈피를 잡지 못한다. 울음을 삼킨다. 방금 전 실망이 회복이 안 된다. 언니의 목소리로 착각했던 찰나의 그 꿈 같은 안도감. 그 안도감은 가슴에 커다란 구멍을 남긴 채 깔깔대며 날아가 버렸다. 대체 언니가 왜 이러는 건지 모르겠다. 구조되는 학생들을 챙기느라 계속 움직여서 구조자로 확인이 안 되고 있는 걸까?

"구조된 애들은 어디 있는 거예요?"

"우리 애들 어딨어요!!"

"몇 시간이 지났는데 왜 아무도 안 돌아오는 거야? 대체 무슨 일이 일어나고 있는 거야!"

한 노인이 정부 관계자로 보이는 사람에게 자신의 하나뿐인 손자를 찾아 달라고 무릎을 꿇고 애원한다.

수백 명의 울부짖는 소리는 체육관 돔에 부딪히고 휘돌아 증폭만 될 뿐이다. 마치 지옥의 불구덩이 속으로 떨어진 것 같다.

뺨에 눈물자국이 선명한 어느 중년 여성이 전화로 거짓말을 하고 있다. 교사 이름은 학생과 별개의 명단에 있다고, 아직 그 명단이 안 나온 거라고. 사실을 알면 안 되는 사람, 교사의 부모인가 보다. 지금 이곳에는 교사와 학생이 아닌 '생존자'와 '실종자'로 선이 명확히 그어졌다.

억겁의 시간이 흐른다.

"애들이다!!"

구조된 학생들 일부가 담요를 두르고 체육관으로 들어온다. 자기 자식이 아닌데도 부모들이 한꺼번에 그들에게 달려간다.

"얘들아! 너희 몇 반이니?"

"나머지 친구들은 어디 있니?"

"저흰 1반이에요."

"바닷가 마을 분들 집에 있다 오는 거예요. 애들 더 올 거예요."

학생들이 떨리는 목소리로 대답한다.

"1반? 2반은 어디 있는지 아니? 박미나 선생님 아니?"

엄마가 묻는다.

"2반 담임 선생님이요?"

"어, 맞아! 봤니?"

학생이 친구 쪽으로 고개를 돌린다.

"나 선생님은 한 분도 못 봤는데."

"어, 나도...."

머리카락이 쭈뼛 선다.

엄마가 쓰러진다. 그녀 얼굴에 카메라가 들어온다. 아빠가 엄마 머리를 손으로 받쳐 든다.

엄마가 머리를 흔들며 오열한다.

"내 딸 찾아내!!"

답하는 사람이 없다.

취재진도 정부 관계자들도 아는 게 하나도 없다.

"도대체 무슨 일이 일어나고 있는 거냐구요! 구명조끼 다 입고 있다면서요!"

아무리 고함을 지르고 욕을 해도 소용이 없다.

"장난해 지금? 뭘 알려 달라고 우리한테!"

한 엄마가 기자를 향해 검지 손가락에 있는 대로 힘을 주어 경고한다.

"한 번만 더 플래시 터뜨리면 내가 그 카메라 부숴 버릴 줄 알아!"

"재미있지? 얼마나 재미있겠어, 지금 이게."

그들이 단체로 고문당하는 모습이 안락한 거실 소파에 앉은 전 국민들에게 생생하게 실시간으로 중계되고 있다.

부모들이 정부 관계자에게 구조자 숫자가 왜 계속 바뀌고 있는지, 정확한 숫자가 어떻게 되는지를 따져 묻는다. 카메라들이 그들을 번갈아 비추느라 분주하다.

한 아빠가 정부 관계자에게 달려가 멱살을 잡는다.

스무 살쯤 되어 보이는 소녀가 마이크를 잡고 외친다.

"여기 명단에 분명히 제 동생이 있어요. 여기 명단에 보면 제 동생이 있는데! 동생이 지금 여기 없어요! 지금 이 명단을 누가 작성하신 거예요!"

대답하는 이가 아무도 없다.

"무슨 소리야? 가만히 있으라고 했다니??"

한 남성이 구조된 조카가 기자에게 하는 말을 듣고 경악한다.

"배 안에서 방송으로 계속 가만히 있으라고 했어요. 움직이면 더 위험할 거라고 해서 다 가만히 있었어요."

"물이 점점 차면서 너무 무서웠어요. 가구 위로 올라가서 친구들을 잡아 올리려고 했는데... 배 밖으로 겨우 나와서 뒤를 봤더니 애들이 다시 배 안으로 빨려 들어갔어요."

듣는 이들이 기함하며 악을 쓴다.

"어떻게 가만히 있으라고 할 수가 있어?"

"구조원들이 우릴 구한 게 아니에요. 우리가 그 사람들한테 수영해서 간 거지, 그치?"

학생이 친구를 본다.

"그냥 우리를 구조선에 태운 것뿐이에요. 왜 배 안으로 들어가서 구조를 안 한 건지 모르겠어요."

거센 분노의 탄식이 곳곳에서 터진다.

"배가 가라앉으면서 불이 다 꺼졌어요. 배가 기울기 전에 쾅 하는 소리가 들렸어요. 애들이 넘어지고 부딪히면서 막 피 나고...."

"어떤 애가 체온이 너무 떨어져서 의식을 잃었다고 들었어요. 그래서 병원으로 실려 간 것 같던데...."

"선생님이 저희한테 애들 다 구하고 나서 나가겠다고 했는데...."

'선생님'이라는 말에 윤영의 심장이 멈춘다.

"그 남자 선생님 봤어?"

남자.... 어지러움과 함께 강한 메스꺼움이 밀려온다.

TV 화면에 서해 해경청장의 브리핑이 나온다.

"금일 18시 기준으로 함정 164척, 항공기 24대, 특수 구조단 178명을 동원하여 사고 현장을 집중적으로 수색하고 있습니다."

"헛소리 그만하고 구조하는 걸 보여줘!"

가족들이 거칠게 삿대질한다.

더 많은 학생들이 도착하기를 모두가 기다리지만 더 이상 학생들이 나타나지를 않는다. 수백 명의 학생들 중 어떻게 수십 명만 구조가 됐다는 건가? 어떻게?

"일이 지금 어떻게 되고 있는 건지 여기 아는 사람이 한 명도 없어! 구조하고 있는 영상이나 사진을 내놔!"

"왜 전부 구조됐다고 한 거예요! 어떻게 그걸 잘못 알 수가 있어요?"

"왜 애들 더 안 와? 나머지 다 어디 있어!"

숨이 안 쉬어진다. 머리가 터져버릴 것 같다.

아빠가 엄마 옆에 있는 것을 확인하고 밖으로 나간다.

그러나 바깥 공기도 별다를 게 없다. 어둠 속 카메라 플래시 속의 한 엄마가 게시판의 구조자 명단을 손으로 내리치며 울부짖는다.

"내 아들 구조됐다며!"

한 남자가 의자를 공중에 내던진다.

"구조된 거랑 구조 중인 거는 다른 거야, 이 새끼들아!"

구사일생으로 배에서 탈출한 화물차 기사들이 구석에 웅크리고 앉아 담배를 피우고 있다. 살아남았다는 죄책감에 일그러진 얼굴로.

외신 기자가 카메라를 보고 속보를 전한다.

"서울 남쪽으로 1시간 거리의 산업 도시, 안산에 있는 단원고에서 수학여행을 떠난 250명의 학생을 태운 여객선이 침몰하였습니다! 승객 479명 중 300여 명이 행방불명입니다."

어부의 이야기가 들린다.

"내가 소식 듣고 친구한테 '같이 가자. 배가 전복될 것 같다는데.' 하니까, '다 구조했다던데? 그럼 갈 필요 없지.' 이러더라고."

분노가 목을 조른다.

잘못된 구조 소식만 아니었으면! 가만히 있으라는 방송만 아니었으면!!

토할 것 같다.

바깥 공기도 소용없다. 다시 체육관 안으로 들어간다.

"우리 애들 우리 손으로 직접 구하게 배를 하나 구해주세요! 돈은 얼마든지 드릴 테니까!"

단상 위 노란 점퍼를 입은 정부 관계자들이 자기들끼리 뭐라고 말을 주고받는다. 무능해 보이기 짝이 없다.

"도대체 누가 우리 말을 듣고 있는 겁니까!"

"시간이 흐르고 있잖아, 시간이! 하루 종일 일이 진행된 게 하나도 없어!"

마침내 윤영의 머리가 폭발해 버릴 것 같다.

엄마가 아빠의 가슴에 얼굴을 파묻고 오열한다.

"제발... 제발!"

단상 위에서 한 정부 관계자가 마이크를 잡는다.

"현재 해경청장, 지방청장, 목포서장이 현장에서 지휘하고 있습니다. 최선을 다하겠습니다!"

"닥쳐! 우리가 지금 여기서 몇 시간을 기다리고 있는데! 정부, 언론 다 못 믿어!"

"'저희 아직 살아 있어요! 식당에 있어요!'"

한 엄마가 자신의 핸드폰을 보며 큰 소리로 읽는다.

"뭐라고요?"

부모들이 그녀에게 달려간다.

"'도와주세요, 배터리가 다 됐어요, 제발!'"

"아아악!! 이거 봐요! 애들이 살아 있어요!!"

부모들이 정부 관계자들에게 물건을 던지며 분위기가 더 험악해진다.

한 엄마가 바다에 나가 있는 가족과 통화를 하며 부모들에게 알린다.

"배가 안 보인대요! 경찰만 주위를 돌고 있고 아무 구조도 안 하고 있대요, 잠수부도 없대요!"

"배가 안 보인다고요?"

한 아빠가 단상 위 정부 관계자에게 주먹을 쥐고 달려들다 옆에 있는 사람에게 바로 제지를 당한다.

잔인한 시간이 저 혼자 달려간다.

이마에 핏줄을 세우고 여기저기 뛰어다니던 한 아빠가 마이크를 잡는다.

"지금,"

그의 손이 떨린다.

"시체를 많이 꺼냈다고 하는데, 팽목항으로 가시죠, 다."

"시체요?"

누군가 온몸의 가죽을 산 채로 벗겨낸다.

바다

"시체라니요??"

"무슨 시체요!!"

짐승의 포효와 같은 비명이 터진다. 시체라는 말에 사람들이 실신한다.

시체라니? 아냐!!

무너진 세상에 깔린 것 같다. 몸에 감각이 없다.

"윤영! 물 가져와!"

여긴, 지옥이다.

아빠가 자신의 품에서 축 늘어진 엄마의 뺨을 때린다.

"정신 차려! 내 말 들려?"

윤영이 물병을 든 감각 없는 팔을 앞으로 뻗는다. 아빠가 손에 물을 따라 엄마 얼굴에 뿌린다.

의료 지원팀이 울부짖는 군중을 뚫고 달려온다. 간호사가 엄마를 바닥에 눕히고 맥박을 체크한다. 눈물을 꾹 누르며 엄마의 윗옷 단추를 푼다.

엄마의 고개가 한쪽으로 떨어져 입이 반쯤 열려 있다.

윤영이 울며 그녀의 팔다리를 쉴 새 없이 주무른다.

"이 무능한 새끼들아! 애들 다 죽기만을 기다리는 거야?"

"적어도 애들한테 산소를 공급해 줘요!"

"미...."

엄마가 신음한다.

"엄마!"

윤영이 그녀를 껴안는다.

"엄마, 정신 차려야 돼! 우리 저 사람들 믿고 있으면 안 돼."

"좀 누워 계셔야...."

간호사가 말한다.

"어떻게...."

엄마가 말을 못 잇는다.

윤영도 그만 바닥에 납작 쓰러져 버릴 것 같다.

"우리 애들은 지금 시간이랑 싸우고 있어요! 우리 여기서 뭐 하는 거예요! 애들이 우릴 기다리고 있다고요!"

"가자! 모두 팽목항으로 가요!"

"내 새끼 엄마가 꺼내 줄게, 기다려!"

부모들이 취재진들에게 경고한다.

"당신 방송국에 가짜 뉴스 그만 틀라고 전해. 당신들 지금 여기 아무 구조도 안 하고 있는 거 두 눈으로 직접 보고 있잖아!"

"이 나라 꼴도 보기 싫어! 나라는 국민을 위해 있는 거 아니야? 대한민국은 몇백 명이나 되는 애들이 죽어도 상관 안 해?"

귀머거리 정부 관계자들과 반나절을 낭비하고 나서야 마침내 가족들은 체육관에서 17km 떨어진 팽목항으로 향한다.

그들이 갈 수 있는 가장 먼 곳에 왔다. 아이들과 가장 가까운 거리다. 더 이상 갈 수 없게 그들을 가로막는 바다를 원망하며, 그저 서 있다.

"엄청 추울 텐데! 빨리 서둘러야 돼요!"

통곡이 항구를 가득 메운다.

한 엄마가 구석에 쭈그려 앉아 누군가와 통화를 하며 운다.

"헬리콥터가 출동했다고 해서 난 다 구조될 줄 알았어...!"

부모들이 119 구조대원들에게 소리를 지른다.

"지원이 있어야 우리가 어떻게 해보든 할 거 아녜요! 헬리콥터를 보내줘요!"

말없이 그들은 고개만 숙인다.

"담당자 당장 이리 오라고 해요! 무슨 말인지 모르겠어요?"

"지금 명령 기다리는 거예요? 아직도 모르겠나 본데 이 나라는 명령을 내리지 않을 거니까 좀, 뭐 좀 하라고! 아니면 명령 내려 달라고 말하던가!"

"네 자식이라고 생각해 봐, 이 새끼들아!"

"여기 온통 바보들뿐이야. 대통령 데려와요!"

"왜 여기에는 정부 관계자가 없는 거예요? 우리가 배 요청한 거 해 줄 생각도 없는 거죠?"

낚싯배가 침몰 현장에서 항구로 돌아온다. 일부 부모들이 아이들에게 직접 가려고 돈을 모아 구한 배다. 배에서 내리는 그들에게 모두 달려간다.

현장을 두 눈으로 직접 확인한 한 아빠가 분노에 찬 얼굴로 외친다.

"아무것도 안 하고 있어!"

"우리랑 함께 온 민간 잠수부가 지금 상황에선 충분히 물에 들어갈 수 있다고 하는데 아무것도 하고 있질 않아!"

이를 듣는 부모들이 펄펄 뛰며 운다. 가만히 서 있는 기자들을 향해 소리친다.

"우리를 도와서 이 사실 좀 밝혀 줘요!"

"민간 잠수부가 애들 구하려고 오후에 배 창문을 부수려니까 경찰이 막았대요!"

옆에 있던 다른 아빠가 자신의 목덜미를 치다가 머리를 쥐어뜯으며 주저앉아 운다.

"9시 반까지 헬리콥터를 보내겠다 하더니 아직도 안 왔어!"

두 소녀가 카메라를 향해 자신들의 언니를 구해 달라고 엉엉 울며 애원한다.

숨이 쉬어지질 않는다.

찬바람이 뼛속까지 할퀴어든다. 자원봉사자들이 가족들에게 파란 담요를 나누어 준다. 윤영이 담요로 엄마를 감싼다.

"나만 따뜻하면 무슨 소용이야. 딸은 차가운 바닷속에서 떨고 있는데...!"

엄마가 담요를 걷어낸다.

윤영이 그녀의 차가운 어깨를 안는다. 엄마가 집에서 가져온 언니 외투를 꼭 끌어안는다.

그들 앞에 꽃무늬 담요를 꼭 쥐고 앉아 있는 한 엄마가 보인다. 아마도 아이 덮어주려고 집에서 들고 왔나 보다. 아이가 바다에서 나와 있을 거라 생각했으리라.

절규

　부모들이 해경에 요청한 배가 뒤늦게 도착한다. 그러나 그 배에는 이미 10여 명의 기자들이 탑승하고 있다.

　가족들이 그들에게 배에서 내리라고 고함친다.

　"이 쓰레기 방송사들아! 뉴스 속보 경쟁하느라 정부가 하는 말만 그대로 보도하기 바쁘고! 그래서 사실 확인도 안 하고 전원 구조 보도 낸 거지? 우린 당신들이 적어도 여기서 본 사실은 전달할 줄 알았어!"

　그때 한 젊은 기자가 머뭇거리며 나선다. 탑승을 허락해 주면 자신이 본 것을 정확하게 보도하겠다고 한다. 부모들은 그에게 마지막 기회를 주기로 한다.

　"좋은 소식 가지고 와요!"

　부두에 남은 부모들의 간곡한 당부를 안고 그들의 첫 번째 배가 떠난다.

　윤영도 엄마, 아빠와 함께 그 배에 탑승했다. 검게 출렁이는 바다를 보고 가슴을 움켜쥔다. 살면서 이렇게 먼 바다까지 나와 본 적이 없다. 서 있기가 힘들다. 바닥이 어딘지 가늠조차 할 수 없는 허공에 자신의 발이 붕 떠 있다. 배 위에 있는 어느 부모도 이게 자식을 보러 가는 길이란 걸 믿을 수가 없다. 아이들이 이 바다에 묻혔다는 데 살아있을 수가 있을까?

심장이 찢긴다.

해안에서 30km 떨어진 곳.

시커먼 하늘을 밝히는 조명탄 밑으로 그들의 배가 들어간다.

"저기...!!"

경악과 공포의 비명이 터진다.

아이들이 탄 배가 완전히 거꾸로 뒤집힌 채 바다에 잠겨, 뱃머리 끝부분만 간신히 물 밖으로 나와 있다.

"안돼!!"

수백 명의 아이들이 잠긴 이곳엔 그 어떤 수색 작업도 없다. 단 한 척의 구조선도 보이질 않는다.

바다는 마치 아무 일도 없었다는 듯 더없이 잔잔하다.

언니가, 내 발밑에 있다고??

너무도 깊이 잠긴 그들에게 닿지 않는 통곡이 바다를 메운다.

"아직 살아 있을 수 있어요? 배에 물이 안 들어갔을까요?"

"여기 사람 있어요? 구조한다고 하더니 어디 있어요!"

"미나야!! 아빠 왔다! 내 딸! 얼마나 추우냐...."

엄마가 겨우 붙들고 있는 정신을 놓아버릴 것 같다.

"이리 와서 이거 사진 좀 찍어요!"

부모들이 함께 온 기자에게 소리친다.

"지금 파도도 없는데 배가 그냥 가라앉게 놔두고 있잖아! 이 장면 보도 안 하면 가만 안 둬!"

기자도 믿기지 않는 광경에 입술이 가늘게 떨린다.

이보다 더 잔인한 장면은 없다.

"'이 문자를 전달해 주세요!'"

한 엄마가 오열을 누르며 자신의 핸드폰을 읽는다.

"'식당 옆 선실에 저희 6명 있어요! 전화가 잘 안 터져요. 유리 깨지는 소리가 들려요! 제발 구해주세요!'"

부모들이 머리를 움켜쥐며 주저앉아 비명을 내지른다.

"애들이 아직 살아 있다구요!! 제발!!"

"어떻게 아무도 없어 여기!!"

해안경비대 보트가 무심히 지나간다.

지푸라기라도 잡는 심정으로 부모들이 소리친다.

"돌아와요! 어디 가요?"

"우리 애들 구해주세요!"

그 보트가 묵묵히 뱃머리 주변을 돈다.

"왜 그냥 돌고만 있어!!"

"계속 돈다는 건 지금 물 밑에서 구조 작업이 전혀 안 일어나고 있다는 거잖아요!"

맞는 말이다. 물 밑에 잠수부가 있다면 보트 밑으로 빨려 들어갈테니까.

"지금 뭐 하고 있는 거예요? 지금 당장 물에 들어가야 돼요! 이 나라 이거 완전 미쳤어! 애들 다 죽게 내버려 두고 있어!!"

멀리 거대한 함정 한 척이 정박해 있는 게 보인다. 해경 지휘함 3009함이라고 한다.

가족들의 배가 그곳으로 접근한다.

"지금 작업하고 있는 사람 있어요? 왜 아무것도 안 해요?"

"1시에 시작할 거예요."

지휘함에서 여유 있는 대답이 들려온다.

"뭐라고? 애들이 지금 죽어가고 있다고! 지금, 지그음!!"

노골적인 태연함에 분노가 끓어 미칠 것만 같다.

마치 지휘함과 그들의 작은 배 사이에 거대한 장벽이라도 세워져 있는 것 같다. 아무리 처절하게 울부짖으며 애원해도 그들의 견고한 평온은 깨지지 않는다.

아빠가 그들에게 헤엄쳐 가려는 듯 배 난간 위로 다리를 들어 올린다.

"아빠! 미쳤어?"

윤영이 있는 힘을 다해 그의 허리를 끌어안는다.

"내가 여기 빠져도 저놈들은 구하려고 하지도 않을 거야! 나 죽어가는 것도 한번 그렇게 지켜봐!"

"제발, 단 한 명이라도 구해 달라고여! 배 안에 생존자가 있어요! 힘든 건 알지만 사람 목숨은 살려야 하는 거 아니에요? 지금 그렇게 손 놓고 있으면 어떡해요!!"

바다가 소용돌이치기 시작한다.

배 선장이 힘들게 입을 뗀다.

"정조 시간이 끝나가고 있어요."

"네? 아무것도 안 했잖아요!!"

물이 강물처럼 빠르게 흐른다. 부모들의 배가 아이들에게서 멀어진다.

날카로운 비명들이 갑자기 윤영의 귀에 웅웅거리는 둔탁한 소리로 뭉개져 들려온다. 그들이 뭐라고 말하는지 알아들을 수가 없다. 그들의 얼굴은 문드러져 윤곽조차 흐릿하다. 윤영이 난간을 잡고 쪼그려 앉는다. 뇌가 으스러지는 것 같다.

"왜 그래, 윤영아!"

엄마가 헛구역질을 하고 있는 윤영의 등을 두드린다.

"토할 것 같아? 토해!"

부모들이 그녀를 갑판 바닥에 눕힌다. 그들이 뭐라고 계속 질문을 던지지만 윤영은 마치 말을 할 줄 모르는 사람처럼 말이 한마디도 안 나온다. 신음 소리도 안 나온다.

"어떡해요?"

"여기서 육지까지 50분 정도 걸려요."

"의식을 잃지 않게 해야 할 것 같아요."

"윤영아, 윤영아?"

아빠가 그녀 어깨를 두드린다.

"아빠 알아보겠어? 내 이름 뭐야? 아빠 이름."

윤영도 아빠만큼 겁이 난다. 그를 작은딸까지 잃을까 겁먹게 하면 안되는데…. 엄마가 옆에서 운다. 바닥에 닿은 등이 감각이 없다.

시커먼 하늘 아래 모인 사람들의 실루엣, 그녀를 내려다본다.

"5분이면 도착해요."

기절이라도 한 것일까? 50분이 5분 같았다.

아빠가 윤영을 등에 업고 대기하던 구급차에 싣는다. 사이렌 소리가 너무 요란하다. 지금 생각을 제대로 할 수 없지만 한 가지는 매우 분명하다. 구조돼야 할 사람은 자신이 아니라는 것. 자신은 이런 관심이 필요한 사람이 아니다.

"윤영아, 우리 지금 여기 어디야?"

엄마가 그녀를 깨어 있게 하려고 애쓴다.

대답을 기대하는 건 아직 무리인 것 같다.

"우리 지금 진도 왔잖아, 진도, 그치?"

의료진이 병원 입구에서 그녀를 기다리고 있다. 그녀 휠체어가 복도를 지난다. 구조자들의 도착으로 쉴 새 없이 분주해야 할 이곳이, 구조자 명단에 없는 자식을 찾아 헤매는 부모들로 북적인다.

"여기 누우시겠어요."

간호사가 그녀 휠체어를 침대 쪽으로 민다.

침대 커튼 뒤에서 남자의 우는 소리가 들린다.

간호사가 링거를 들고 온다. 윤영의 왼팔에 바늘을 꽂는다. 곧 다시 뺀다. 그녀의 오른팔을 살핀다.

언니와 병원 간 날이 불쑥 떠오른다.

간호사를 지켜보는 언니의 얼굴이 굳어져 갔다.

"다시 해볼게요."

간호사가 윤영의 팔에서 바늘을 빼며 고개를 저었다.

"아!!"

윤영이 인상을 찌푸렸다.

"지금 세 번 찌르셨어요."

미숙한 간호사인가 싶어 언니가 불만스럽게 말했다.

"환자분 혈관이 잘 안 보이시네요."

"박윤영 님, 이쪽으로 오세요."

간호사의 부름에 윤영이 저 멀리 엄마, 아빠가 있는 쪽을 바라본다. 의사와 이야기를 나누고 있다.

"... 얘가 ...."

"그런 ... 쓰러진 적은 ...."

띄엄띄엄 들린다.

잠시 후, 엄마, 아빠가 이야기를 끝내고 윤영에게로 온다. 그녀 휠체어를 민다.

MRI 검사실 앞이다.

아빠가 뒤에서 뭐라고 몇 마디 하더니 윤영이 앞에 얼굴을 불쑥 내민다.

"선생님이 ... 우리 ... 기다리고 있을게."

"여기, 누우시면 되세요."

방사선사가 안으로 들어오라고 한다.

지금 이 상황에서 한가롭게 검사를 한다니. 자신이 암에 걸렸다 해도 지금은 아니다.

얼떨결에 그가 가리키는 기계 앞. 말 잘 듣는 아이처럼 기계에 올라가 눕는다.

그녀 머리에 헤드폰이 씌워진다.

"기계에 들어가시면 시끄러우실 거예요. 벗지 마시고 계속 쓰시고 계세요."

몸도 마음도 멍하다. 자신이 뭘 하고 있는 건지, 괴로운 감정만 선명하다. 커다란 튜브 속으로 빨려 들어간다. 곧 건설 현장에서나 날 것 같은 아주 시끄러운 소리가 헤드폰을 뚫고 들어온다. "쿵, 탁탁, 덜컹." 어떤 원리로 검사를 하길래 이런 기괴한 소리가 나는지.

제발 이 소리가 그녀를 이 끔찍한 악몽에서 깨워주면 좋겠다. 눈을 뜨면 언니가 윤영의 옷을 안고 밝게 웃으며 서 있으면 좋겠다. 그럼 언니한테 이 검사가 얼마나 이상한지 다 얘기해 줄 거다.

길다... 시간이....

"끝났습니다. 헤드폰 벗으셔도 되세요."

고래 뱃속 같은 기계가 그녀를 뱉어낸다.

엄마, 아빠가 검사실로 들어온다.

"괜찮아?"

윤영이 눈을 꼭 감고 있다. 기다린다. 또 다른 목소리를.

"윤영아, 왜 그래?"

엄마 목소리.

"선생님, 이 검사 아픈 건가요?"

아빠 목소리.

"아뇨, 전혀요."

전문의 목소리.

눈 뜨라고 해. 언니가 눈 뜨라고 하면 뜰게.

....

눈물이 뺨을 타고 귓속으로 떨어진다.

4월 17일, 목요일

팽목항의 둘째 날이 밝았다. 전날과 같은 잿빛 하늘에 추적추적 비가 내리기 시작했다.

기자, 중계차, 경찰, 자원봉사자, 실종자 가족들로 부두가 북적인다.

가족들은 281명 중 한 명이라도 구조되기를 바라며 밤을 꼬박 새웠다.

오늘도 체육관은 성가신 기자들과 카메라들, 쓸모없는 정부 관계자들로 가득하다. 윤영이 체육관 천장을 올려다본다. 강렬한 형광등 빛이 그녀를 압도한다. 하늘에서 스튜디오 조명이 떨어지는, 영화 <트루먼 쇼>의 한 장면이 뇌리에 훅 들어온다.

이게 진짜일 리 없어.

불편할 만큼 샛노란 잠바를 입은 정부 관계자들이 마치 자신의 대사를 반복하는 배우들 같다. 그렇지 않고서야 저렇게 계속 구조에 최선을 다하고 있다는 말만 반복할 순 없다. "아니에요, 우리가 현장에 있었어요! 아무 구조도 안 하고 있어요!"라고 아무리 가족들이 외쳐대도 말이다. 이 쇼의 제목은 "인간이 벼랑 끝까지 몰리면 어떻게 될까?"가 되겠다. 마치 세상은 가족들이 항복하기만을 기다리는 것 같다.

"하루가 지났다니... 어떻게 하루가 그냥 지나게 할 수 있어...."

엄마가 몸부림칠 힘도 없이 신음한다.

이런 소리가 체육관에 가득하다. 마치 전쟁 피난처같이 사람들이 바닥에 아무렇게나 널브러져 있다. 어떤 이들은 핸드폰 속 아이의 사진을 바라보고, 어떤 이들은 링거를 맞으며 바닥에 누워있고, 또 어떤 이들은 주먹으로 가슴을 친다. 곧 이대로 다 같이 신경쇠약으로 죽을지도 모르겠다.

당국에 소리치는 아빠의 목에 선 핏줄이 끊어져 나갈 것 같다.

윤영이 감각 없는 머리를 두 손으로 싸쥔다.

혹시 언니가 배에 물이 안 들어오는 데를 찾아 거기서 기다리고 있는 건 아닐까??

"세 명 더 탈 수 있어요!"

바다로 나가는 배가 있다고 한다.

엄마가 아빠를 본다. 그가 윤영의 흐린 시야에서 멀어지고, 윤영은 엄마의 손을 잡고 가족들이 모여 있는 텐트로 향한다. 모두 밤새 울어 눈과 얼굴이 퉁퉁 부었다. 얼굴도 씻지 않은 듯 보인다. 물은 그들에게 가장 무섭고 가장 끔찍하고 가장 혐오스러운 것이 되어 버렸다. 물을 마시지 못하는 사람들도 많다.

윤영이 홀로 텐트를 나와 자원봉사자들이 죽을 나눠주고 있는 곳으로 간다. 난민 캠프가 되어버린 이곳이다.

"안녕하세요, 몇 개 드릴까요?"

목소리가 부드럽다. 그녀도 부모이기에 이곳 가족들의 처지에 깊은 동정심을 느끼는 듯하다.

윤영이 엄마 것 하나만 가져간다. 언니가 죽음과 사투를 벌이는데 자신은 음식을 입에 넣는다는 게... 혐오스럽다.

엄마가 죽을 들고 텐트 안으로 들어오는 그녀를 보고 괴로운 숨을 내뱉는다.

"저리 가져가, 내가 그걸 어떻게 먹어?"

"싸우려면 먹고 힘내야지. 그래야 언닐, ..."

꺼내지, 물에서....

차마 소리 내어 말하지 못한다. 언니의 숨길을 찌르고 들어오는 수만 개의 바늘 같은 물, 생각만으로도 고통스럽다.

목과 가슴이 조인다. 정신을 꽉 붙들어야 한다. 어젯밤처럼 또 발작을 일으킬 여유가 없다.

윤영이 죽을 내려놓는다. 엄마를 설득할 명분이 궁색하다. 어떤 부모가 지금 허기를 느낄 수 있겠는가? 숨을 쉬는 것만으로도 자식에게 죄인이다.

비가 쏟아진다. 희망을 잃지 않으려 하면 할수록 세상은 그들을 항복시키려고 기를 쓴다. 세상은 그들의 편이 아니다. 정말 언니를 포함한 수백 명의 목숨이 바다에 내다 버려진 것인가? 이대로 끝인 건가? 온몸의 장기가 으스러지는 것 같다. 언니가 사라진 걸 받아들이기만을 기다리는 건가, 이 세상이? 이 우주가?

그녀의 초점 잃은 시야에 식당으로 향하는 방송국 사람들이 잡힌다. 멀리서도 가족과 가족이 아닌 사람을 구분할 수 있다. 넋이 나간 좀비처럼 걷는 게 가족들이다. 건물 옥상을 올려다본다. 벼랑 끝으로 몰린 좀비 무리의 베스트 샷을 찍기 위해 카메라들이 주욱 늘어서 있다. 순간 어디서 묵직한 생수병 하나가 날아가 그중 하나를 넘어뜨린다.

조금만 더 시간을 달라고 간절히 기도하다 절망적인 상황에 분노가 치밀어 눈물이 터진다. 언니가 물속에서 까치발을 하고 간신히 코끝만 내밀고 있는 모습이 윤영의 애절한 기도를 찢고 지나간다.

얼굴을 세게 문지른다. 미쳐버릴 것 같다.

이렇게 시간을 흘려보내면 안 된다.

자꾸만 언니가 생의 실낱을 붙잡고 필사적으로 버티는 모습이 눈앞에 맴돈다. 절대 이 무능한 나라 그리고 이렇게 무력하게 서 있는 자신을 용서하지 못할 것 같다. 신도 용서 못 한다. 기도를 하면서도 신이 증오스럽다.

부둣가에 선 스님의 염불과 목탁 소리가 파도 위로 흩어진다. 엄마도 부모들도 스님 곁으로 가 두 손을 비빈다. 뜨거운 눈물로 자비를 구한다. 윤영도 함께 한다. 배신감과 증오를 억누르며.

"현장에서 지금 사람들이 왔어요!"

구조 작업을 확인하기 위해 바다로 나갔던 부모들이 얼굴에 깊은 수심을 드리운 채 배에서 내린다.

아빠가 핸드폰으로 촬영한 영상을 부모들에게 보여준다.

해경이 선박 지도를 펼쳐 놓고 식당과 오락실을 가리키며 한 국회의원의 질문에 답하고 있다.

"제가 알기로는 아이들이 배 가운데 세 번째 칸에 있는 것 같아요."

"우리 요청은 못 들은 척하더니 정치인들한테는 잘 설명하더라구요!"

"구할 생각도 없는데 왜 그런 대화하면서 시간을 허비하는 거야?"

부모들이 언성을 높인다.

"우리가 의원들이랑 같이 있으니까 돕는 척하더라고요. 구조대가 잠수했다 다시 올라오는 데 5분도 안 걸려요. 그게 무슨 구조예요? 혹시 누가 대답하는지 노크만 하고 돌아오는 거예요."

끝없는 암담한 절망 속에 부모들이 바닥에 털썩 주저앉는다.

체육관 내 TV로 뉴스가 나온다.

"경찰은 배에 타고 있다고 주장하는 학생들의 가짜 메시지가 유포되기 시작했다고 밝혔습니다. 수사관들이 단원고 학생들의 휴대전화 번호를 확보하고 통화와 메시지 기록 등을 분석한 결과, 어제 정오 이후 사용된 휴대전화는 한 건도 없는 것으로 확인됐습니다. 현재까지 허위로 판명된 메시지는 10여 개이며, 글 작성자와 최초 유포자를 찾기 위해 각 지방경찰청에 수사 지시가 내려진 상태입니다."

분노의 열기가 한껏 더 달아오른다.

주먹 쥔 손에 손톱이 깊게 박힌다. 저 냉혈한 인간들의 면상을 온 세상이 보도록 머리채를 잡아 카메라 앞으로 끌고 오고 싶다. 저 정신병자들과 같은 세상에서 숨 쉬고 있다는 사실이 역겹다.

블록버스터급 호러 영화보다 더 끔찍한 악몽을 꾸고 있는 건 아닌지 기대도 해본다. 하지만 TV 화면 속 숫자가 또렷하게 외친다.

"사망: 4. 실종: 291. 구조: 164. 봐, 이건 진짜라고!"

TV로만 보던 유명 정치인들이 눈앞에 나타나며 또 외친다.

"봐, 아직도 안 믿겨?"

한 청년이 핸드폰으로 통화를 하며 가족들을 찾아온 정치인에게 다가간다.

"지금 배 근처에 있다고 했지?"

실종된 학생의 형이다. 현장에 나가 있는 가족과 통화하는 것을 옆에 있는 정치인에게 스피커 모드로 들려준다.

"어, 현장에 있어...."

스피커에서 좌절의 탄식이 들려온다.

"구조대원은 보여?"

그가 정치인에게 시선을 고정한 채 묻는다.

"하아... 누가 구조를 해...! 순찰선만 왔다 갔다 하고 아무것도 없어!"

"다이빙은 안 하고 배 한 척만 그냥 돌고 있다고?"

방금 들은 이야기를 정치인이 분명히 들을 수 있게 다시 한번 반복한다.

정치인의 얼굴에 당혹스러운 기색이 역력하다.

때마침 서해 해경 관계자가 마이크를 잡고 현장에 많은 다이버들이 구조 작업을 펼치고 있다고 말한다. 방금 통화 내용을 들은 가족들의 눈에 살기가 번진다.

곧 또 다른 정부 관계자가 마이크를 잡는다.

"여러분을 위해 제가 여기에 와 있잖아요. 구조를 하기 위해 최선을 다하고 있습니다."

"방금 못 들었어요? 제가 지금 사고 현장에 있는 사람과 통화하고 있어요! 아무 일도 안 일어나고 있대요! 왜 자꾸 거짓말을 해요?"

"3009함 근처로 가라고 했나요?"

정부 관계자가 묻는다.

믿을 수 없을 정도로 한심한 당국의 무능함에 분노의 고성이 터진다.

"지금 그냥 말만 저렇게 해대고 있어! 다 이리와, 내가 너네 다 죽여 버릴 거야. 너네 자식들이 죽고 있어도 이러고 있을 거야? 이렇게 아무것도 안 하고 있을 거냐고!"

악에 받친 한 엄마가 고함치며 단상으로 달려간다.

"나이지리아에서 배가 전복됐을 때 에어포켓에서 며칠을 버텨서 산 선원이 있었어요. 애들이 아직 살아있을 수 있습니다!"

그 어떤 실낱같은 희망이라도 부모들은 붙잡고 매달린다.

바다가 얼마나 차가울지, 온갖 생각이 윤영에게 몰아치는데, 순간 영화 <타이타닉>에서 잭이 한 말이 번개처럼 뇌리에 꽂힌다. 배 난간에 올라 바다에 뛰어내리려는 로즈에게 그가 말했다.

"저 정도 차가운 물이면, 수천 개의 칼날이 온몸을 도려내는 듯한 고통을 느낄 거야."

체육관으로 국무총리가 막 들어선다. 드디어 구조 작업이 시작될 수 있는 것인가? 가족들이 아무 진전 없는 현 상황을 토로하기 위해 그에게 달려간다. 그 바람에 총리와 경호원들을 비롯한 모든 사람들이 거칠게 떠밀린다. 카메라들이 공중으로 솟아 이 난장판에 플래시를 터뜨린다. 총리가 부모들로부터 위험을 감지한 듯 급히 출구로 방향을 튼다.

"총리님, 도망가지 마세요!"

인내심이 바닥난 가족들이 총리의 옷자락을 붙잡고 물을 뿌리고 물병을 던진다. 경호원들이 필사적으로 막는다.

"막아! 못 가게 막아!"

윤영과 엄마가 넘어지지 않으려 서로의 손을 꼭 잡는다. 경호원들이 총리를 체육관 밖으로 데리고 나가고서야 소란이 조금 가라앉는다. 막아서는 경찰들 때문에 더 이상 그에게 접근할 수가 없다.

이내 윤영이 너무나 붙잡고 싶었던, 자신이 끔찍이도 지독한 악몽에 갇혀 헤어나오지 못하는 것일 수도 있다는 마지막 한 가닥 희망마저 완전히 사라지고 만다. 대통령이 체육관으로 들어오고 있지 않은가! 부모들이 일제히 달려가 대통령의 손과 팔을 잡고 매달리며 아이들을 구해 달라고 울며불며 애원한다. 윤영은 자신의 가족이 대통령이 방문할 만큼 엄청난 비극의 한 장면 속에 있다는 것이 도무지 믿기지가 않는다. 대통령이 마이크를 잡지만 부모들의 격앙된 고성은 쉽게 잦아들질 않는다. 앞쪽에 앉은 부모들이 뒤를 돌아 대통령 말을 한번 들어보자고 외친다.

"얼마나 마음이 아프시겠습니까. 방금 구조 현장에 다녀왔습니다. 정부가 동원할 수 있는 모든 자원과 인력을 동원해서 수색에 지금 최선을 다하고 있습니다."

정부에 대한 신뢰가 이미 무너진 가족들이 불신의 감정을 쏟아낸다. 단상 옆에 선 한 아빠가 잠시만 진정하자는 손짓을 한다. 그러나 대통령을 수행한 해양경찰청장이 500여 명의 잠수부를 투입하고 있다고 말하자 마침내 가족들의 인내가 한계에 다다른다.

"사실이 아닙니다! 저희가 현장을 직접 확인하고 있습니다!"

사방에서 터지는 야유와 고성이 "희망을 잃지 말라, 정부가 책임 있는 사람들을 처벌하겠다."고 하는 대통령의 연설과 뒤섞인다.

"저희는 지금 관제센터로부터 구조 작업에 대해 듣고 있는 게 아무것도 없어요! 여기가 장례식장입니까?"

분노로 타오르는 비통한 얼굴들이 곳곳에서 일어선다.

대통령이 옆에 있는 정부 관계자에게 구조 현황을 가족들에게 잘 알릴 것을 지시하자 그가 고개를 숙인다.

"가혹한 날씨와 파도 속에서도 최선을 다할 것을 현장 잠수부들에게 당부했습니다."

대통령이 말을 이어간다.

"대통령님, 저희는 여태까지 너무 많이 속았습니다. 제 전화번호를 가지고 가서 오늘 밤 이 약속이 지켜졌는지 물어봐 주세요."

한 남성이 일어나 단호한 목소리로 말한다.

"네, 전화번호 주세요."

그가 대통령에게 자신의 번호를 적은 종이를 건넨다. 일제히 카메라 플래시가 터진다.

총리와 대통령이 방문했지만 달라진 건 없다.

이대로 또 하루가 지나가면 안 된다. 무섭다.

하지만, 이 밤, 첫날밤과 다를 게 없었다. 오늘도 이렇게 지나가면 안 되는 것이었다.

골든타임이 끝나간다.

시간

3일째. 4월 18일 금요일

차가운 비가 눈물로 얼룩진 가족들의 얼굴을 씻는다. 굳이 빗물을 닦아내지 않는다. 사고 이후 비가 그치지를 않는다. 아이들의 눈물 같다.

"우리 애들이 왜 자기들 구하지 않았냐고 물으면 뭐라고 대답해요?"

구조에 진전 없는 날이 계속되면서 가족들은 모두 죄인이 되었다.

공기 주입기를 실은 민간 배가 오전 9시 사고 현장에 도착한다. 선내에 공기를 주입하고 있다는 해경 발표에 새로운 희망이 생긴 가족들이 모처럼 환호를 한다. 그러나 불과 3시간 후, 침몰한 배와 연결된 가이드라인이 끊어져 버린다.

간신히 선수 부분만 떠 있던 배는 이제 완전히 물에 잠겼다.

보이는 거라곤 잔잔한 파도뿐이다. 마치 아무 일도 없었던 것 같다.

그날, 가족들의 심장도 함께 바다에 잠겼다.

"아빠 용서하지 마...."

아빠가 흐느낀다.

윤영이 체육관 바닥에 웅크린 채 담요를 뒤집어쓴다.

언니가 바다 밑으로 사라졌다는 걸 도저히 믿을 수가 없다. 이보다 더 잘못된 일은 없다.

세월호. 세월. 이름부터가 불길한 재수 없는 이름이라고 사람들은 말한다. 이곳에서 세월은 가족들의 심장을 한 점 한 점 발라내고 있다.

아이들의 무사 귀환을 기원한다며 노란 리본들이 체육관 입구와 팽목항 주변을 뒤덮기 시작한다. 거센 바닷바람에 리본들이 속절없이 나부낀다.

에어포켓이 있다면 72시간 동안 생존할 수 있다고 했다.

오늘이, 그 마지막 날이었다.

4일째. 4월 19일 토요일

마치 정부가 구조 작업을 일임한 듯 소규모 민간 업체가 사고 지역을 담당하기 시작한다. 배들이 시신들을 싣고 팽목항에 도착한다. 지금까지 공식적인 사망자는 총 50명. 이 숫자가 급증하는 것은 시간문제. 300여 명의 실종자, 그게 곧 사망자 수 아닌가.

학생들이 하얀 천에 덮여 들것에 뉘어 옮겨진다. 오열하는 가족들 사이로 들것을 운반하는 경찰들도 눈물을 흘린다.

신분 확인이 진행 중인 텐트 안에서 한 남성이 소리 지른다.

"눈 떠라! 제발!!"

사고 당일 수요일부터 하늘과 바다에서 '광범위하고 철저한 수색'을 펼쳤음에도 불구하고 한 사람도 구조되지 않았다, '뉴스'에 따르면. 공식적인 거짓말이 전 세계로 퍼져 나간다.

5일째. 4월 20일 일요일

관계자들이 시신이 잘못 이송된 경우가 있다고 인정한다. 부패 정도가 심해 더 이상 외관만으로는 그들을 알아볼 수 없는 지경에 이르렀다. 이제 지문이나 치과 기록 또는 DNA 검사 결과가 일치하는 경우에만 가족들에게 인도된다. 따라서 신원이나 신체 일부의 특징이 일치하는 시신을 찾은 후에도 가족들은 텅 빈 장례식장에서 검사 결과를 기다리며 하루를 더 보내야 한다. 그동안 아이들의 시신은 더 부패한다. 부모에게 이보다 더 가혹한 형벌이 있을까? 이미 만신창이가 된 심장이 또 난도질당한다.

9일째. 4월 24일 목요일

"나비야, 엄마."

냉기 가득한 체육관 바닥, 윤영이 엄마와 나란히 누워 펄럭이는 흰 나비를 바라본다.

"어쩜 이렇게 예쁜 게 여기까지 왔니? 여기서 무슨 일이 일어나고 있는지 알기라도 하니?"

엄마가 말한다.

윤영이 나비를 물끄러미 바라본다.

언니... 일 수 있을까?

나비가 그들 옆의 한 엄마에게로 날아가 그녀 주변을 돈다.

"오늘 아이가 나오려나 봐요."

엄마가 그녀에게 말한다.

"감사합니다."

그날, 그 엄마의 딸이 정말 바다에서 나왔다. 시신 169번. 처음에는 딸의 옷이 아니었기에 그녀는 어떤 부모가 자신의 아이를 알아보지 못하고 있다고 생각했다. 그런데 아무도 그 아이를 데리고 가지 않자 묘한 느낌에 그녀는 DNA 검사를 받아 보았고 그렇게 그 아이가 자신의 딸임을 알게 되었다. 엄마의 육감이었을까.

그 나비가 다시 돌아오길 윤영과 엄마는 간절히 기다렸지만 나비는 돌아오지 않았다.

10일째. 4월 25일 금요일

지금까지 185구의 시신이 수습됐으며 117명이 실종된 상태이다.

해저에 거꾸로 뒤집힌 배 안에서 잠수사들이 빠른 조류, 낮은 수온, 완연한 어둠과 치열한 전투를 벌인다. 물속 침전물들은 잠수사들의 손전등을 무용지물로 만든다.

"차라리 눈 감고 손으로 더듬는 게 나아요."

선내는 거대한 미로의 수중 무덤이 되었다. 구명조끼로 부양된 시신의 몸통과 사지들, 공포에 질린 창백한 얼굴들이 뿌연 물속에서 갑자기 불쑥 나타난다. 많은 아이들이 서로를 꼭 끌어안은 채 발견된다.

오늘 30명을 수용하는 한 객실에서 구명조끼를 입은 소녀들의 시신 48

구가 발견되었다. 배가 기울어지며 모두 그곳으로 달려간 것 같다고 한다.

11일째. 4월 26일 토요일

"먼저 가서 죄송해요."

아이들을 찾은 부모들이 체육관을 떠나며 남겨진 부모들에게 인사한다.

"아니에요, 아이를 찾아서 너무 다행이에요."

죽은 아이를 찾은 것을 축하하는 현실이 기가 막힌다. 살아서 돌아온 아이는 단 한 명도 없다.

시간이 지날수록 아이를 찾은 부모들이 늘어나면서 체육관이 휑해진다. 체육관에 남는 마지막 가족이 자신의 가족이 되는 윤영의 두려운 상상이 점점 현실에 가까워지고 있다.

12일째. 4월 27일 일요일

경찰로부터 숨진 아이의 물품을 돌려받은 가족이 아이의 핸드폰 속 동영상을 공개했다.

영상 속 배 안은 패닉 그 자체다.

"자리에서 움직이지 마세요."

배가 기울고 있는데 '움직이지 말라'는 선내 방송이 나온다.

"이게 끝인 거 같아!"

한 학생이 핸드폰 카메라를 향해 소리 지른다.

다른 학생이 끼어들어 가족에게 작별 인사를 보낸다.

"엄마, 아빠, 사랑해요!"

"아! 도와주세요!"

배가 점점 더 기울면서 학생들은 벽에 등을 기댄 채 버티고만 있을 뿐, 어느 누구도 탈출을 시도하지 않는다.

영상은 계속된다.

8시 53분, 학생들이 살려 달라고 비명을 지르며 이대로 죽는 건 아닌지 무서워하지만, 선내 방송은 계속해서 '움직이지 말라'고만 할 뿐이다.

8시 55분, 승무원이 첫 번째 조난 신호를 보내고, 역시 학생들에게 '움직이지 말라'고 한다. 한 학생이 "우리 죽기 싫어요!" 하고 소리 지르자 다른 학생들이 각자의 무서운 마음을 달래려는 듯 웃는다.

8시 57분, 승무원들이 학생들에게 '제자리에 있으라'고 말한다.

"엄마한테 전화할까?"

한 학생이 망설인다.

9시, 학생들에게 구명조끼가 전달된다. 일부는 지퍼가 작동하지 않는다고 불평한다. 한 학생이 구명조끼를 받지 못한 학생에게 자신의 것을 준다.

"너는?"

친구가 묻는다.

"괜찮아, 난 하나 더 받으면 돼."

9시 3분, 한 학생이 선장은 뭐 하고 있냐며 소리 지른다. 인터폰이 요란한 소리를 내며 학생들에게 '움직이지 말고, 가능하면 구명조끼를 입으라'고 알린다.

"구명조끼를 입으라는 건 배가 침몰하고 있다는 거 아냐?"

9시 8분, 한 학생이 무섭다고 소리를 지른다. 또 다른 학생은 그들의 담임 선생님이 안전한지 궁금해한다. 배가 계속 기운다. 어떤 학생들은 바닥이 된 벽을 걸으며 무중력에 대한 농담을 하기도 한다.

"우리 타이타닉 같아! 우리 헤드라인 장식하는 거 아니야?"

한 여학생의 핸드폰 영상도 공개됐다.

모두들 벽에 꼼짝 않고 앉아 있다. '가만히 있으라'는 선내 지시를 잘 따르고 있다. 헬리콥터 소리가 들리자 그들이 환호한다.

"우리 물속으로 뛰어들 거예요!"

소녀가 카메라를 향해 웃으며 말한다. 기우는 배 안에서도 그들은 해맑은 십 대 소녀들의 모습 그대로다.

다른 한 소녀는 무서워서 죽을 것 같다며 엉엉 울기 시작한다.

"엄마, 아빠, 정말 미안해!"

친구가 킥킥 웃으며 말한다.

"야, 살 건데 무슨 소리야."

영상은 그녀가 카메라를 향해 손을 흔드는 것으로 끝이 난다.

"살아서 보자!"

조사 결과, 해안경비대 헬기는 9시 10분에 출동하여 9시 30분경 사고 해역에 도착했다. 45도로 기울어진 배에 특공대 두 명이 로프를 타고 내려와 구명조끼를 입고 레일에 매달려 있는 6명의 승객만을 끌어올렸다. 배 안에 몇 명이 갇혀 있는지는 묻지 않았다.

해안경비대 구조선이 도착하자, 아래 속옷만 입은 선장과 몇몇 선원들이 배를 버리고 구조대원들의 품에 안겼다. 그때 그들은 자신들이 그 배의 책임자들이라는 것을 밝히지 않았다. 학생들이 갇힌 갑판 아래로 내려가 보거나, 하다못해 학생들에게 탈출하라고 말한 사람은 아무도 없었다.

배에 있던 화물차 운전자 두 명이 갑판에서 커튼과 소방호스를 묶어 만든 구명줄로 갑판 아래 있는 20명의 학생들을 끌어올렸다.

그 어떤 소심한 학생이라도 물에 뛰어들라는 말만 있었다면, 제일 먼저 현장으로 왔던 어선들에 의해 모두 구조될 수 있었을 것이다. 바다에 빠진 승객들을 어선 위로 끌어올린 마을 주민들은 배 안에 300명이 넘는 사람들이 갇혀 있는 줄은 꿈에도 몰랐다고 한다. 그들도 학생들의 부모들과 같은 공포와 죄책감에 시달리고 있다.

며칠 후

"현장에서 사용한 공기주입 장비가 어떤 건가요?"

공기압축기 회사 대표에게 기자가 묻는다.

"그 장비는 호흡용이 아니라 공업용이에요. 공업용 제품은 유해 가스를 전혀 고려하지 않아요. 사고 현장에는 전기가 들어오지 않아 엔진을 사용해야 되는데, 엔진에서 나온 매연을 압축기가 내뿜는다면 마치 자동차 배기가스가 에어포켓에 주입되는 것과 같아요."

부모들은 제 자식들에게 유독 가스를 주입하는 줄도 모르고 환호를 했다는 사실에 또 한 번 억장이 무너져 내린다.

그리고 며칠 후

"제발요, 몸을 생각하셔야죠...."

엄마에게 죽을 떠먹이려던 자원봉사자가 눈물을 흘린다.

"따님을 위해서라도 드세요.... 안 그러면 어머님도 죽어요...."

"저요? 전 이미 4월 16일 이후로 죽은 사람이에요."

엄마의 갈라진 입술에서 피가 배어 나온다.

210일 후

시신을 찾지 못한 가족들만 남은 체육관 조명이 어둑하다.

"윤영아, 우리가 그 아홉 식구네...."

엄마가 차가운 바닥에 누워 넋이 나간 듯 천장을 바라본다.

219일 후

윤영의 가족에게 체육관을 비워달라는 통보가 전해진다.

벚꽃

언니의 교실 2학년 2반. 문 앞에 선 윤영의 심장이 무너져 내린다. 언니를 기다리는 학생들의 왁자지껄한 소리가 귓속으로 밀려든다. 매일 언니가 열었던 문에 손을 얹는다. 힘을 주어 옆으로 밀자 그들의 떠드는 소리가 뚝 끊긴다. 그녀를 맞이하는 빈 책상들.... 샛노란 물결이 교실 가득 일렁인다. 노란 종이배, 노란 종이학, 노란 바람개비, 손뜨개질한 노란 의자커버... 꽃, 과자....

부모들의 눈물이 배인 책상들을 지난다. 자식에게 보내는 쪽지들이 고요히 책상 위에 놓여 있다.

"아빠 왔어. 아까운 내 딸, 매 순간 보고 싶다."

"금요일에 온다며...."

"아들아, 잘 지내니? 얼굴 한번 만져보고 싶다."

그 어떤 단어도 그들의 애끓는 고통을 다 담아내질 못한다. 모든 쪽지들, 윤영이 언니에게 하는 말이다.

언니가 매일 섰던 교탁을 어루만진다.

"학생들 다 내보내지 않았어? 이제 나와...."

지호가 칠판의 한 글에 손을 지그시 댄다.

"출발 전 화장실 가기 ♡"

언니 글씨다.

갑작스럽게 마주한 언니의 선명한 흔적에 눈물이 왈칵 솟는다.

가면 안 돼, 이 여행....

함께 떠난 학생들의 이름과 그들에게 보내는 메세지가 칠판을 가득 메웠다.

"제일 좋아했던 선생님. - 1반 상현"

"왜 이렇게 늦어요. 전부 기다리고 있어요."

"천국에서 최고의 여행 되세요...."

교실 달력은 여전히 2014년 4월이다. 동그라미 친 16일 밑에는 수학여행이라고 적혀 있다. 4월 급식표에는 학생들 각자가 좋아하는 메뉴에 낙서한 흔적들이 가득하다. 그 옆에 매우 낯익은 그래프가 보인다. '에빙하우스의 망각 곡선'이다.

"누나가 복습이 중요하다고 맨날 얘기했던...."

지호가 자세히 들여다본다.

"십 분 후부터, 그날 배운 것의 3분의 2를 잊어버린다고...."

그의 입술이 미세하게 씰룩인다.

"나한테도 그 얘기 참 많이 했었는데. 내가 듣기 싫다고, 괜찮다고...."

윤영이 말한다. 짜증 냈던 것이 후회된다.

그 옆에 게시된 글을 읽는다.

"언제 어디서나 행복한 사람이 되자."

언니가 가장 좋아했던 말이다.

그리고 이건 언니의 말, "시험을 게임으로 생각하자. 공부는 게임에서 아이템을 얻는 것과 같다. 즐겁게 랭킹을 올리자."

처음으로 교사인 언니의 모습을 보고 있다. 윤영과 지호에게 보인 모습과 별반 다르지 않다.

지호가 들고 있던 선인장을 교탁 위에 올려놓고 포스트잇에 적는다, "10월 30일에 물 주었음."

"선인장에도 꽃말이 있나?"

윤영이 묻는다.

"열정 아닌가?"

과연 그는 백과사전이란 별명을 가질 만하다.

"그럼 제대로 샀네."

눈을 감는다. 눈물이 주르륵 흐른다.

"보고 싶다."

순간 자신도 모르게 튀어나온 말이다.

"나, 언니한테 사랑한다는 말, 해 본 적이 없다? 생일 카드에도 써본 적이 없어. 어떻게 한 번도 안 했을 수가 있지?"

윤영이 고백하며 눈물을 훔친다. 그냥 쉽게 할 수 있는 말이었다. 자매 지간이라면 특히 더….

"지금 해."

지호가 분필을 건넨다.

받아 든 분필이 무겁다.

말할걸....

언니가 괜찮다고, 다 안다고 말해주면 좋겠다. 조금만 더 상냥한 동생이 돼 볼 기회가 영영 없다.

"많이 보고 싶다." 처음으로 하는 말이다.

언니 목소리가 집안에 아직도 얼마나 생생한지, 그 휑한 집에 있기가 얼마나 힘겨운지, 앞으로 남은 날들을 어떻게 채워갈지 같은 언니가 듣기 힘든 말들을 속으로 꾹 삼킨다.

분필이 공중에 한참 떠 있다. 단어라는 게 참 한정적이다. 마음을 온전히 다 담아내질 못한다. 한참 멍하니 칠판을 바라보다 후회로 가득 찬 한 마디를 이번만큼은 잊지 않고 말한다.

"사랑해."

분필을 내려놓으며 언니가 어느 세상에 있든 꼭 읽을 수 있게 해 달라고 기도한다.

"가자, 교무실로."

지호가 그녀 등에 손을 얹는다.

언니의 찬란한 시간이 멈춘 교실을 뒤로 하고 납덩이처럼 무거운 발을 힘겹게 뗀다.

사그락.

갑자기 뒤에서 난 바스락거리는 소리에 그들이 그 자리에 얼어붙는다.

심장이 멎어버린 것 같다.

그들이 동시에 뒤를 돈다.

"들었어?"

윤영이 묻는다.

지호가 동그래진 눈으로 고개를 끄덕인다.

잔뜩 긴장한 그들의 눈동자가 교실 구석구석을 헤집는다. 어디서 난 소린지 모르겠다. 잠시 후 그 소리가 또 들린다.

심장이 튀어나올 것만 같다.

"저기! 잎이 떨어진 거야."

지호가 교실 한구석을 가리킨다. 화분의 길쭉한 잎들이 흔들리고 있다.

....?

잎이 떨어지는 소리가 원래 이렇게 컸던 건지... 심장이 진정이 되질 않는다. 혹시 이 교실의 아이들이 낸 소리는 아니었을지. 그들이 차마 이곳을 떠나지 못하고, 가야 할 곳으로 가지 못하고 있는 거라면, 이 또한 가슴 무너질 일이다.

윤영이 속삭인다.

"여기 있지 말고 얼른 가. 하늘에서 즐겁게 잘 지내...."

지호가 그녀를 2층 교무실로 데려간다.

그는 작년에 이 학교를 졸업해서 건물 구조를 잘 안다. 그의 담임 선생님도 이번에 유명을 달리한 열두 명의 교사 중 한 명이다. 올해는 담임을 맡고 있지 않았지만 지원차 함께 여행을 떠났다고 한다.

학생들의 메세지가 담긴 알록달록한 포스트잇이 교무실 문을 빼곡히 덮었다.

"선생님, 2010학년도 졸업생 승준이 입니다. 최근에 취업했어요. 선생님이 계셨으면 축하해 주셨을 텐데.... 제가 아무것도 할 수 없었어서 죄송합니다. 절대 선생님 잊지 않을게요."

"남윤철 선생님, 편히 쉬세요. 제게 최고의 선생님이셨어요. 쿠키 주셨던 것 감사합니다. 2012년으로 돌아가고 싶어요."

고통을 겪고 있는 사람들이 참 많다.

윤영이 조심스럽게 교무실 문을 노크한다. 아무런 인기척이 없다.

힘겹게 문을 민다. 쪽지들이 문에 무게를 잔뜩 더했다.

황량한 공기가 교무실 안에 가득하다.

책상에서 업무를 보던 한 여교사가 그들을 향해 고개를 돌린다.

"안녕하세요. 여기... 선생님 뵈러 왔어요."

"학생이세요?"

그녀가 자리에서 일어난다.

"아니요, 언니가 여기 선생님이셨어요."

"누, 구....?"

교사 얼굴에 두려움이 고스란히 비친다.

"박미나 선생님이요."

순간 그녀의 손이 입을 덮는다.

"친...동생이세요?"

교사의 눈가에 눈물이 어린다.

"네...."

교사가 말을 잇지 못하는 것을 보니, 그녀가 언니와 가까운 사이였거나, 배에 있던 열네 명의 교사 중 살아남은 세 명 가운데 한 명이었을지도 모른다는 생각이 문득 스친다. 그것도 아니면 해경의 지시에 따라 물에 불은 시체가 되어버린 사랑하는 제자들의 신원 확인을 위해 진도로 내려왔던 교사들 중 한 명이었을 것이다.

"죄송해요.... 저기, 저 자리예요...."

그녀가 먼 책상을 가리키다 결국 눈가에 맺힌 눈물을 떨어뜨린다. 이내 그들만의 시간을 갖게 해주려는 듯 교무실을 나간다.

낯선 공간을 걸어간다. 그들에게 교무실은, 학생 시절 대입에 필요한 봉사 시간을 채우기 위해 청소를 하거나, 담임 선생님의 심부름 혹은 입시 상담 때문에 불려 갈 때나 가던 곳이었다.

마치 자리의 주인들이 먼 곳으로 떠날 것을 알기라도 한 듯 책상들이 모두 깔끔하게 정리되어 있다.

언니 책상을 찾아 두리번거리는데, 창가 쪽 명패의 세 글자가 햇빛에 반사되어 반짝인다.

"박미나"

순간 목이 막힌다.

금방이라도 언니가 환하게 웃으며 자리에서 일어날 것만 같다. 언니에게 가는 길이 멀다.

언니의 의자를 끌어당기며 밀려 나오는 뜨거운 탄식. 의자에 털썩 주저앉아 차오르는 눈물에 잠긴다. 뿌연 시야 속의 책상을 더듬는다. 그녀가 언니에게 선물했던 방향제 스틱이 병 속의 용액을 언제 다 빨아들였는지 바짝 말라 쓰러져 있다. 언니 방에서 보이지 않길래 마음에 안 들어 안 쓰는 줄로 알았다. 책상 위 모든 물건들에 먼지가 뽀얗게 앉아 있다. 언니가 자신과의 치열한 싸움 끝에 쟁취한 그 출석부를 가슴 앞으로 당긴다. 힘겹게 그 묵직한 덮개를 연다. 꾹 누르는 손가락 탓에 페이지가 넘어가질 않는다.

지호는 고등학생 시절 자신의 윤리 선생님이었던 교감 선생님의 책상으로 향한다. 그는 생존자 중 한 명이었지만 살아남았다는 죄책감을 끝내 이기지 못하고 사고 이틀 만에 진도 체육관 근처 언덕에서 나무에 목을 맨 채 발견되었다.

그는 유서에서 말했다.

"200명의 생사를 알 수 없는데 혼자 살기에는 힘에 벅차다. 나에게 모든 책임을 지워 달라. 내 몸뚱이를 불살라 침몰 지역에 뿌려 줘라. 시신을 찾지 못하는 녀석들과 함께 저승에서도 선생을 할까...."

학교 건물을 나와 운동장의 벚꽃나무들을 바라본다. 여행 가기 며칠 전 언니가 보여줬던 사진이 선명하게 그녀 눈앞에 떠오른다. 만개한 벚꽃 아래 언니와 아이들의 얼굴에도 저 화사한 분홍빛 미소가 피어올랐었다. 벚꽃 같던 그들은, 벚꽃처럼 피자마자 졌다. 사고 소식을 듣고 학교로 달려오던 날, 벚꽃잎들도 떨어지고 있었다. 그때 아이들은 저 나무 아래서 물끄러미 가족들을 바라보고 있었을까? 너무 늦었다며. 이미 이 세상을 떠나 말 못하는 자들이 되어....

내년 봄, 또 벚꽃이 피면 어떡하나... 윤영의 닫힌 눈꺼풀 뒤로 두려움이 차오른다.

천둥

현관문을 연다. 어두운 서늘한 거실을 가로질러 전등 스위치가 있는 컴퓨터 책상 쪽으로 걸어간다. 집에 들어서면 항상 제일 먼저 보였던 것, 컴퓨터 앞에 앉은 언니의 뒷모습이었다. 이제 그 의자엔 온기가 없다. 언니가 앉아 있는 모습을 상상해 본다. 자주 한다, 이런 무의미한 일.

여태 살면서 절대 바뀔 수 없는 상황을 맞닥뜨린 적이 없었다. 어떤 난관이라도 노력을 해서 개선시키거나 그게 안 되면 피할 수라도 있었다. 지금 이 현실은 항복 외에는 다른 수가 없다. 이미 가족의 삶은 회복 불가능한 치명상을 입었다.

부엌 싱크대 아래에서 스텐 양푼을 꺼내 쌀 한 컵을 붓고 물을 튼다. 이 혐오스러운 물, 피할 수가 없다. 멍하니 창밖을 바라보며 잠긴 쌀알들을 손으로 휘젓는다. 언니가 집으로 걸어오던 길을 한참 바라본다. 양푼을 기울여 물을 쏟아낸다. 배가 기울었던 그 각도로. 밖으로 쏟아진 쌀알들을 집어 담는다. 한 톨도 놓치지 않는다.

곧 학원에서 돌아올 지호를 위해 전기밥솥의 취사 버튼을 누른다. 그가 비염 때문에 쓰는 코 세척기가 선반 위에서 끈적한 먼지를 뒤집어쓰고 있다. 그날 이후로 아마 사용하지 않는 것 같다. 그래서 요즘 그의 숨소리가 더 힘겹게 들렸나 보다.

"알았어, 이걸 코에 넣고 꾹 누르라는 거지?"

언니가 물을 채운 코 세척기를 들고 어쩔 줄 몰라 했다.

"그래, 코안에 넣고 쏴!"

지호가 키득거리며 손으로 세척기를 짜는 시늉을 했다.

"아, 무서워. 윤영아, 네가 먼저 해 봐."

"알았어, 줘 봐."

윤영이 용감하게 지호 말대로 했다. 그녀의 반대쪽 코에서 물이 나오는 것을 보며 지호가 대견하다는 듯 고개를 끄덕이며 웃었다.

"그래, 그렇게 하는 거야."

윤영이 흡족한 표정으로 세척기를 씻어 언니에게 건넸다.

언니가 받아 든 용기에 물을 채운 뒤 노즐을 코에 넣고 용기를 살짝 눌렀다.

"아아!!"

언니가 놀라 멈췄다.

"왜 그래?"

"아파!"

"아, 작은 누나처럼 미지근한 물로 해야 돼. 찬물은 아파."

윤영이 식탁 의자에 앉아 메마른 눈을 깜빡인다.

"1분 후 취사가 완료됩니다."

밥솥 알람 소리에 시간이 또 얼마나 흘렀는지 알게 된다.

"삐, 삐, 삐, 삐이. 취사가 완료되었습니다."

증기가 힘차게 뿜어져 나온다.

왜 그녀 가족에게는 이런 알람이 없었는지. 곧 그들의 삶이 완전히 산산조각 날 것이라는. 당연시 여겼던 누군가를 영원히 잃게 될 것이라는.

현관문 열리는 소리에 정신을 차린다.

"지호야?"

자리에서 일어난다.

"응."

"오늘 춥지?"

"그저 그래."

"가방 놓고 와. 저녁 다 됐어."

지호가 지친 몸을 거실 소파에 던지며 핸드폰을 얼굴 위로 든다. 그의 맞은편 상 위에 놓인 언니의 영정 사진.... 그 옆에선 향이 곧게 피어오르고 있다.

지호의 숨소리가 코가 꽉 막힌 듯 답답하다.

"코 스프레이를 써."

"어?"

"너 비염. 세척기 못 쓰겠으면 스프레이를 써."

대답이 없다.

"내가 하나 사줄게."

윤영이 말한다. 언니가 했을 말이다.

"고마워."

지호가 핸드폰 화면을 손가락으로 쓸며 무심한 듯 답한다.

그가 차라리 울어버리면 좋겠다. 감정을 겉으로 드러내지를 않아 모두가 걱정한다. 억눌린 감정이 자라고 자라 언젠가 터져 통제조차 안 되는건 아닐지 두렵다.

"다 됐어."

윤영이 그릇에 국을 담는다.

지호가 핸드폰을 놓고 식탁으로 가 그녀 맞은편에 앉는다.

"반찬이 별로 없네. 국이랑 같이 먹어."

윤영이 미안해하며 그가 좋아하는 반숙 계란 후라이에 케첩을 한 바퀴 두른다.

"엄마 내일 집에 와?"

그가 묻는다.

"아마도. 돈 필요해?"

"아니. 내가 무슨 돈이 필요해."

"자습서 사야 되지 않아?"

"작년 거 쓰면 돼."

"국물 말고 두부 건져 먹어. 몸에 좋대."

사실 삶이 언제 그렇게 갑자기 끝나 버릴지 모르는데 건강하게 먹는

게 무슨 소용이 있는지 모르겠다.

"벌써 다 먹었어?"

마치 음식을 씹은 게 아니라 마셔버린 것처럼 그가 금방 일어난다.

"응, 잘 먹었어."

그가 그릇과 수저를 싱크대에 넣어두는 것을 잊지 않는다. 언니와 윤영이 엄마를 돕자며 그에게 길러준 습관이다.

언니와 부모님이 없는 집이 낯설다. 엄마는 진도에서 언니가 나오길 기다리느라 격주로 집에 오기에, 지호 챙기는 것을 비롯한 모든 집안일들을 윤영이 도맡아 하고 있다. 아빠는 광화문에서 유가족들과 함께 사고 진상 규명 시위를 하고 있다. 몇 주간 단식 투쟁을 한 이후로 그의 건강이 급격히 악화되었다.

* * *

현관문 초인종이 울린다.

"박미...나 씨?"

누군가의 입에서 언니의 이름이 불리는 걸 들은 지 무척 오래됐다. 무슨 일인지 알면서도 가족들의 심장이 덜컥 내려앉는다. 선내에서 발견된 언니의 캐리어가 오늘쯤 배달될 것이라는 전화를 지난주에 받았었다. 엄마, 아빠가 어젯밤 집에 온 이유다.

윤영의 심장이 그녀를 제치고 현관으로 내달린다.

"박미나 씨?"

택배 기사가 박스에 적힌, 물에 번진 이름을 다시 한번 읽는다.

"네. 맞아요, 박미나."

"여기 있습니다."

그가 힘겹게 박스를 현관 안으로 들여놓는다.

"어디서 젖었는지 모르겠네요."

윤영이 감사하다는 말을 전할 새도 없이 그가 급히 사라진다.

엄마가 바닥에 넙죽 엎어져 오열한다.

윤영도 울음을 터뜨리며 눅눅한 박스를 거실로 끌고 간다.

지호가 칼을 가져와 박스테이프 가운데를 가른다. 그들의 심장을 가르는 소리가 난다.

뜯긴 박스 가운데에 언니의 진홍색 캐리어가 펄에 구르고 긁혀 찌그러진 채 위태롭게 비스듬히 서 있다. 주인을 잃어버렸다고 울면서 다리를 절뚝이며 처참한 몰골로 집으로 돌아왔다.

"미나야!!"

엄마가 캐리어를 덥석 껴안는다. 마치 그게 언니인 듯.

"왜 혼자 왔어! 네 주인은 어딨고!"

아빠가 말없이 울며 엄마의 등을 문지른다. 한참 후 엄마가 캐리어를 놓아주고 아빠가 힘겹게 캐리어를 연다.

유황과 같은 날카로운 냄새가 코를 공격한다.

너무도 낯익은 언니의 남색 추리닝 바지가 눈에 들어오자 엄마의 울음소리가 더욱 처절해진다. 엄마가 언니에게 '옷이 날개'라며, 교사가 됐으니 추레한 옷들은 이제 다 버리고 예쁜 옷을 사 입으라고 수없이 잔소리했던 그 바지다. 그토록 미워하던 그 바지가 무자비하게 갈기갈기 찢겼다.

"딸...!!"

아빠가 진흙 범벅이 된 언니의 옷을 보듬고 운다.

지호가 뒤엉킨 잠옷 조각들을 들어 올리자, 언니와 윤영이 같이 즐겨 입던 재킷이 수십 년의 세월을 발버둥 친 듯 처참하게 깔려 있다. 수학여행 간다고 샀던 언니의 새하얀 티셔츠는 누렇게 바래고 닳아 걸레짝이 돼버렸다.

엄마가 캐리어 구석에서 언니의 교원 카드를 꺼내 품에 꼭 안는다.

"이거 갖겠다고 얼마나 고생했는데...!"

윤영이 언니의 청바지를 들다 몸을 움찔한다. 언니의 냄새가 하나도 없다. 끔찍한 지옥의 냄새만 있다. 청바지도 찢어 버리는 바다의 광기에 심장이 쥐어짜이는 것 같다.

"나무아미타불 관세음보살... 관세음보살...."

엄마가 염불을 외우고 간신히 몸을 일으켜 부엌으로 간다. 스텐 대야를 들고 와 그대로 쓰러지듯 주저앉는다. 대야가 "쨍" 하고 바닥에 부딪힌다. 엄마가 천 조각들을 하나씩 옮겨 담는다. 가족들의 어깨가 들썩인다. 엄마가 가득 찬 대야를 들어 올리려다 힘에 부쳐 못 일어나자 아빠가 대신 들고 화장실로 간다. 윤영이 울면서 따라가 수도꼭지를 튼다.

엄마가 팔을 걷어 올리고 쭈그려 앉는다. 대야 안의 옷을 꾹꾹 누른다.

거센 울음에, 거센 물살에 흙과 불순물들이 끝도 없이 뿜어져 나온다. 안 되겠는지 일어나 바지를 걷어 올리고 발로 밟는다. 탁한 물이 격하게 요동치며 대야 밖으로 넘친다.

물이 오랫동안 출렁댄다.

더 이상 나올 것이 없어 보이자 마침내 엄마가 옷을 힘껏 비틀어 짠다. 가장 시급한 일이 끝났다는 듯 깊은숨을 뱉으며 옷을 다시 대야에 넣어 마당으로 가지고 나간다. 가족들이 뒤따른다.

아빠가 마당 한구석에 웅크려 앉는다.

엄마가 대야를 바닥에 내려놓고 두 기둥 사이에 묶인 빨랫줄에 옷을 하나씩 건다.

"햇빛이 좋아서 빨리 마르겠다."

엄마가 뜨거운 눈부신 오후 햇살에 감사하며 눈을 찌푸린다.

그녀의 손이 드나드는 대야를 윤영이 넋을 잃고 바라본다. 그녀와 엄마, 언니, 셋이서 저 대야에 둘러앉아 김치를 담갔던 날을 회상한다.

엄마가 온갖 재료에 고춧가루를 넣고 버무리는 동안 윤영과 언니는 엄마가 가르쳐 준 대로 배춧잎 사이사이에 소금을 뿌렸다. 그리고 셋이서 함께 배추에 갖은양념을 야무지게 채워 넣었다. 언니가 잎 하나를 쭉 찢어 윤영의 입으로 가져갔다.

"맛있어!"

윤영의 치켜 올라간 눈썹을 보고 언니가 외쳤다.

"아빠! 지호! 이리 와서 김치 맛봐요!"

남자들은 거실에서 속옷 바람으로 야구 중계에 정신이 팔려있다.

"남자들은 왜 저렇게 야구를 좋아하는지 모르겠어. 축구라면 몰라. 야구는 너무 지루하지 않아? 계속 아무 일도 안 일어나고 있는 거 같아."

언니는 대부분의 여성들이 자신의 의견에 동의할 것이라고 했다.

엄마가 주름을 탈탈 털어내며 옷을 넌다. 눈부신 볕 아래 그녀 얼굴의 주름이 더 선명해진다. 그녀의 고통은 윤영 자신의 것과 비교조차 안 될 것이다. 열 달 동안 뱃속에 품어 세상에 내놓은 자식이 돌연 이 세상에서 완전히 사라져 버렸다. 그녀는 자신이 엄마가 된 그날을 절대 못 잊을 것이다. 그녀의 손바닥을 간질이는 작디작은 손가락을 잡고 자신이 한 생명을 탄생시킨 것에 감격했던 기억.... 아직도 그 기억이 너무도 생생한데 그녀는 하나도 아닌, 둘을 잃었다.

엄마, 나 알아....

아빠가 손에 쥔 수건으로 캐리어에 달라붙은 온갖 이물질을 닦아낸다. 그의 얼굴에 고통이 잔뜩 어렸다. 무뚝뚝한 아빠였어도, 언니가 첫걸음마로 그의 품에 안긴 그 순간엔, 세상에서 가장 환한 미소가 저 입가에 번졌을 것이다.

가족 모두 곧 들이닥칠 불행을 조금도 눈치채지 못했다. 하지만 그들이 그 수학여행에 뭔가 안 좋은 느낌이 있었다고 한들 언니에게 가지 말라는 말을 할 수나 있었을까? 혹여나 언니가 아무리 가기 싫다고 해도 선

생님이 어떻게 안 가냐며 오히려 다그쳤을 것이다. 한 엄마가 아들이 수
학여행을 가기 싫다고 했는데 친구들과 가서 좋은 추억을 만들라며 자신
이 억지로 보냈다고 체육관에서 울며 가슴을 치던 모습이 떠오른다. 모
든 가족이 저마다의 죄책감과 싸우고 있다. 그게 남겨진 사람들이 치러
야 할 모진 대가인 듯하다.

꼬리에 꼬리를 문 생각이, 의자에 걸터앉은 채 넋이 나간 엄마를 발견
하고서야 잠시 끊긴다. 뜨거운 볕 아래 그녀가 바짝 말라 시들어 있다.

"엄마, 점심때 지났어."

지호가 나지막이 말한다.

"가서 숟가락 놓을게."

아빠가 걸레짝이 된 수건을 들고 일어나며 말한다. 혼자 라면 끓여 먹을
때를 제외하곤 부엌에 발을 들이는 일이 없던 그가 요즘은 자주 들어간다.

"괜찮아요, 내가 할게요."

돕겠다는 말에 엄마가 요즘 자주 하는 말이다.

"반찬 뭐 낼까?"

그녀가 먼저 부엌에 들어가 버린다.

"김치."

윤영이 답한다. 방금 전 엄마와 언니랑 김치 담갔던 일을 생각하니 갑
자기 김치가 너무 먹고 싶어진다.

"국이 없네. 오늘은 그냥 이렇게 먹자."

엄마가 외할머니가 냉장고에 넣어 둔 반찬들을 식탁에 차리며 말한다.

"다들 먹어. 난 배 안 고파."

아빠가 컵에 물을 부어주고는 사라진다.

엄마도 윤영과 지호를 위해 식탁을 마저 차리고는 거실로 가 바닥에 털썩 앉는다. 그리고 창밖으로, 누더기가 되어 매달려 있는 언니의 옷을 망연히 바라본다.

윤영이 언니의 빈 자리 맞은편에 앉아 지호와 함께 밥을 뜬다. 밥 위에 김치를 올려 입에 욱여넣으며 울음을 밀어 넣는다. 지호가 밥 한 숟갈을 남기고 자리에서 일어난다. 윤영이 마지막 한 입을 삼킨 뒤 앞치마를 두르고 싱크대 앞에 선다. 가족에게 등을 돌리고 있으니 차라리 편하다. 눈에 힘줘 잡아두었던 눈물을 이제야 떨어뜨린다.

"지호야, 거실 청소 좀 할래?"

윤영이 말한다.

"어."

늘 온순히 응하는 그다.

언니 옷이 강렬한 햇살에 감겨 잘 마르고 살균된 것을 보고, 엄마가 옷을 거둬들인다. 옷들을 거실 바닥에 쏟아 허벅지에 하나씩 올려놓고 모서리를 맞춰 꼭꼭 눌러가며 반듯하게 갠다. 마지막 옷까지 다 개더니 이내 그 옷에 얼굴을 파묻는다.

윤영이 부엌 의자에 앉아 그런 그녀를 먹먹하게 바라본다. 엄마가 다 개킨 옷들을 안고 언니 방으로 들어가 문을 꼭 닫는다. 엄마가 흐느끼는 소리를 완전히 막아내기엔 방문이 너무나 얇다.

화장실에서 물 틀어 놓은 소리가 들려온다. 물 튀는 소리가 나지 않는 걸 보니 아마도 아빠가 우는 모양이다. 그가 나올 때 어색해지지 않으려면 그만 일어나야 한다.

윤영이 조심스럽게 지호 방문을 두드린다. 문틈에 입을 댄다.

"들어가도 돼?"

답이 없다.

살며시 문을 열자 책상에 앉은 그의 뒷모습이 보인다. 그의 양 팔이 일자로 뚝 떨어져 있다. 윤영이 들어가 침대 끝에 걸터앉는다.

".... 안에 담아 두지만 말고 밖으로 꺼내."

아무런 반응이 없다.

"우리한테 일어난 일 감당하기 너무 힘들잖아. 소리 질러, 울어. 언니 일부가 돌아왔잖아."

자신이 한 말에 가슴이 미어진다.

"네가 아기였을 때...."

자신도 모르게 불쑥 옛이야기가 튀어나온다.

"네가 밖에 나가는 걸 너무 좋아해서 언니가 학교 끝나고 오면 너 유모차에 태우고 나가서 저녁때까지 들어오질 않았어. 언니 반 남자애들이 네가 언니 아들이냐고 놀려도 언닌 맨날 나갔어."

그녀의 눈이 가만히 감긴다.

여전히 지호는 말이 없다.

"재미있는 얘기해 줄까?"

그녀가 계속 말을 이어간다.

"우리가 미국에서 아빠 차 타고 키 웨스트로 여행 가는데 네가 갑자기 오줌이 마렵다고 하는 거야. 너 세 살 때였어. 아빠가 중간에 차를 세울 수가 없어서, 엄마가 언니한테 빈 병을 주면서 거기다 너 오줌을 누이라고...."

그녀 입가에 엷은 미소가 번진다.

"근데 네가 거기다 오줌을 누는데, 네가 멈추질 않는 거야. 언니랑 내가, '엄마, 병 다 차 가, 어떡해!' 하고 소리 지르고... 결국 넘친 니 오줌을 언니가 손으로 받으면서 언니는 울고, 난 웃고...."

윤영의 눈이 눈물로 반짝인다.

그날 밤, 가족 모두 잠을 뒤척였다. 다행히 천둥소리와 지붕에 떨어지는 빗소리에 그들의 비밀스러운 울음이 묻혔다.

그날, 처음으로, 지호의 울음소리가 들렸다.

방

새벽 2시, 아직 주인이 돌아오지 않은 방문 밑으로 빛이 새어 나온다. 아마도 엄마나 아빠일 거라고 생각하던 찰나 지호의 방문이 반쯤 열려 있는 게 보인다. 지호가 언니 방에 들어가는 줄은 몰랐다. 말로나 행동으로나 감정을 드러내는 성격이 아니기에, 아빠처럼. 하지만 이제 보니 그가 윤영 자신만큼 겁쟁이는 아니었나 보다.

윤영도 한때 용기 내 언니 방에 들어간 적은 있다. 하지만 곧바로 무너져 버렸다. 흐릿한 모습의 언니가 방안을 왔다 갔다 하며 자기 할 일을 계속하는데.... 동생이 와서 뒤에서 울고 있는 줄도 모르고. 그 이후로는 들어간 적이 없다.

오늘 다시 들어가 보기로 마음을 다잡고 문손잡이를 돌린다. 마치 보물들이 쌓여있는 잊혀진 동굴 속으로 들어가는 것 같다.

내딛는 한걸음 한걸음에 추억들이 일렁인다.

침대에 털썩 주저앉는다. 그녀의 방황하는 눈동자가 벽에 걸린 세계지도에 멈춘다. 저 동그라미 친 나라들을 언니와 함께 가보기로 했었다. 그들의 동그란 약속들이 산산조각이 났다.

"바다를 왜 자르는 거야?"

새 지도를 사자마자 가위질을 하는 언니에게 윤영이 물었다.

"넌 안 무서워?"

"뭐가?"

"이 바다색. 얼마나 깊길래 검푸른색이야.... 보기만 해도 심장이 오그라드는 거 같아."

당시 언니에게 이상하다고 했지만 그 기분 뭔지 알겠다. 지금 윤영이 똑같이 느끼고 있다. 윤영이 손끝이 대륙의 외곽을 따라간다. 언니의 손길을 느낀다. 손끝이 베이는 듯 아프다. 대륙 간의 거리가 잘못됐다며 언니를 놀렸던 게 생각난다. 언니가 친 동그라미 속에 괌, 하와이, 캘리포니아, 그리고 멕시코가 있다. 언니는 깊은 바다는 무서워했지만 야자수가 드리워진 에메랄드빛 해변은 무척이나 가고 싶어 했다. 저곳 중 어느 한 곳도 가 보질 못했다.

"시험 합격만 하면!"

언니의 목소리가 들린다.

"괌에 갈 거야! 여기서 제일 가까운 미국인 거 알아?"

언니의 얼굴에 환한 빛이 돌았다. 언니는 미국에 대한 향수가 있어 언젠가는 꼭 한번 다시 미국에 가보고 싶어 했다.

"내년 이맘땐 거기 해변에서 석양을 보면서, '합격 축하해!' 하고 칵테일 들고 건배하고 있겠지?"

언니 표정은 이미 합격한 것처럼 보였다.

"내가 돈 모으고 있으니까 같이 가자."

책장에서 괌 여행책을 꺼낸다. 언니가 가고 싶은 곳마다 페이지 모서리를 접어 두었다. 접힌 것들을 하나씩 편다. 언니의 계획에 따르면, 둘은 힐튼 괌 리조트 앤 스파에서 바다 전망을 즐기고, 언니가 제일 좋아하는 칵테일인 피나콜라다를 탑 오브 더 리프에서 마시기로 되어 있다. 그리고 그들은 사진 속 사람들처럼 선베드에 누워 파도가 밀려오고 나가는 것을 넋 놓고 바라보며 해변의 낭만에 푹 빠졌을 것이다.

"이게 피나콜라다 맛이야! 럼주가 들어가면 더 맛있는데."

언니가 윤영에게 파인애플주스와 코코넛 밀크를 섞어 건넸다.

"너 고등학교 졸업하면 괌에서 진짜 칵테일로 마셔 보자."

윤영은 그 칵테일을 아직 먹어 보지 않았다. 언젠가 먹게 되는 날, 그 자리에서 정말 많이 울 것 같다.

언니가 두고 간 물건들을 훑다 낯익은 책이 그녀 눈에 들어온다. 20년 만에 그 책을 펼쳐 본다. 가족 중 누구도 읽을 수 없는 스페인어 동화책이다. 미국에 살 때 언니가 윤영에게 줬던 생일 선물이다. 언니에게 도로 줬는데 이걸 여태 가지고 있는 줄 몰랐다.

"못 읽는다는 게 무슨 말이야?"

언니가 윤영에게 되물었다.

"이건 영어가 아니잖아!"

윤영의 얼굴에 당황하고 실망한 기색이 역력했다.

"뭐라고? 영어가 아니라니?"

언니가 윤영의 손에 들린 책을 휙 가져갔다.

윤영은 언니에게 영어와 매우 비슷한, 그들이 모르는 언어가 있나 보다고 했다. 그제야 언니는 사실 제일 컬러풀한 그림이 있는 책으로 급하게 골랐다고 고백했다. 엄마도 몇 달 후 그들의 책을 사면서 똑같은 실수를 저질렀다.

"어머... 다음에 로스에서 물건 살 때 조심해야겠네. 스페인어책이 왜 거기 있어?"

엄마가 신기해하며 책에서 눈을 떼지 못했다.

"어쩜 이렇게 똑같이 생겼지?"

미국에서 언니가 준 또 하나의 실패한 선물이 있었다. 지금 책상과 침대 사이에 걸려 있는, 마치 주술품 같이 생긴 하얗고 부드러운 깃털을 단 '드림캐처'다.

"이게 드림캐처라는 건데, 꿈을 이뤄준대."
언니가 천진난만한 미소를 지었다.

시간이 지나면서 윤영은 그게 언니가 말한 용도의 물건이 아님을 알
게 되었다. 그건 악몽을 쫓아내기 위한 것으로 윤영에겐 세상 필요 없는
물건이었다. 꿈을 꾸지도 않거니와 혹시나 꾼다고 해도 전혀 기억을 못
하기 때문이다.

"진짜? 그럼 '나쁜' 드림캐처라고 불러야지. 내가 말한 용도가 이름이
랑 더 잘 어울리지 않아? 몽환적이고 예쁜 게, 꼭 꿈을 이뤄 줄 것처럼 생
겼는데."
언니가 실망한 표정으로 반박했다.

윤영은 항상 악몽을 꾸는 건 언니기에 그 드림캐처를 돌려줬다.
물건 하나하나마다 언니와의 대화를 생생하게 들려준다. 책장 위에는
어떤 물건이 숨어 그녀를 기다리고 있을지 궁금하다. 의자를 밟고 올라
간다. 먼지를 뽀얗게 쓴 CD 플레이어였다. 안에 CD가 있는 것 같아 열어
보니 엠씨더맥스의 첫 앨범이 들어있다. 2002년... 언니와 함께 이 앨범
을 들은 게 10년도 더 된 일인 거다. 이 앨범에 굉장히 슬픈 노래가 수록
돼 있던 것으로 기억한다. 노래 제목들을 읽어 내려간다. <마지막 내 숨
소리>, 이 노래다. 이 앨범이 나왔을 때가 한 50대 남성이 지하철에 불을

질러 200여 명이 사망한 '대구 지하철 화재 참사'가 일어났을 때였다. 노래의 가사가 마치 연기 자욱한 지하철 안에서 희생자들이 남기는 마지막 말처럼 들려 자연스럽게 그 참사의 추모곡이 되었다. 참혹한 현장 모습이 이 노래와 함께 TV에 나올 때 언니와 눈물을 많이 흘렸던 기억이 난다. 2월 18일, 사고 날짜이자 언니의 생일이다. 언니는 자신처럼 그날 생일 축하 파티가 계획되어 있었던 한 여학생이 하늘로 간 사연을 듣고 무척 가슴 아파했다. 언니는 세월이 흘러도 가끔 생일 때면 그 소녀가 생각난다고 했다. 그 참사의 유족들이 진도에 찾아와 윤영의 가족을 위로할 줄은... 꿈에도 몰랐다.

10여 년 만에 그 노래를 틀어본다. 애잔한 색소폰 선율이 쓸쓸히 퍼진다.

"그대는 듣고 있나요, 마지막 내 거친 숨소리를. 잠시 후 그 소리가 멈춰도 절대 후회하지 않아...."

심장이 미어진다.

"이렇게 눈을 감으면 내게는 그저 그만이지만, 그대는 이제 어떡하나요. 이제 어떡할 건가요."

이게 언니가 한 마지막 순간의 생각이었을까?

그럴 수는 없다.

터지는 뜨거운 울음에 윤영이 숨을 헐떡인다.

컴퓨터

거실 컴퓨터는 주로 언니가 썼다. 엄마는 어쩌다 초등학교 동창 카페를 들어갈 때, 아빠는 이메일을 확인할 때나 짧게 썼고, 윤영도 어쩌다 가끔 썼다. 지금은 그 컴퓨터를 쓰는 사람이 아무도 없다. 선내에서 학생들이 촬영한 동영상을 찾아볼 때도 윤영은 핸드폰을 사용한다. 혹시나 언니의 마지막 모습, 마지막 음성이 우연히 담기지 않았을까 하는 생각에 가끔 찾아봤다. 하지만 그녀 가족에겐 '운'이라는 것조차 허락이 되지 않는 걸까? 새로운 동영상이 올라온 지도 한참 됐다.

그래서 컴퓨터를 켜지 않는다. 어차피 중요한 소식은 엄마, 아빠가 집에 올 때 들을 수 있고, 그리고 인터넷 세상은 그녀에게 너무 무서운 곳이 돼버렸다.

"그만할 때 되지 않았나?"

"보상금 많이 받으려고 쇼하네."

"자식이 죽었는데 어떻게 웃음이 나오지?"

광화문 광장에서 미소 짓고 있는 엄마의 얼굴이 인터넷 게시판에 올랐다. 댓글들이 그대로 음성으로 변환돼 윤영의 귀에 매섭게 꽂힌다. 한때는 함께 애도를 해 줬을 사람들이기에 충격이 매우 크다.

어떻게 사진 한 장으로 그런 말을? 엄마가 응원해 주는 사람들 보고 웃은 거면?

댓글들이 마치 심장을 향해 난사되는 기관총 탄환 같다.

오늘, 4월 16일 이후 처음으로 거실 컴퓨터를 켠다.

그리고 유튜브를 들어가는데... 순간 숨이 멎어 버린다.

로그인이 되어 있다. 언니의 ID로.

심장이 요동을 친다. 마치 언니가 컴퓨터를 하다 잠시 자리를 비운 것 같다. 손가락이 뻣뻣해진다. 실수로 뭔가를 잘못 눌러 로그아웃을 할까 봐. 언니와의 마지막 연결 끈을 놓칠까 봐. 마우스를 움직일 수가 없다.

겨우 검색 창을 누른다. 입력한다, '세월호'. 그녀 머릿속엔 이것밖에 없다.

정말 많은 영상이 쏟아진다. "세월호, 야당에 유리", "배 인양에 들어가는 막대한 세금", "보상액 공정한가?" 언니를 잃은 비극이 나라의 뜨거운 논쟁거리가 되어 있다.

상황이 거꾸로 뒤집힌 배 같다. 너무 오래 슬퍼하고, 정부로부터 보상금을 받아서 죄인이 되었다.

돈 다 가져가고 언니 살려내!!

수사 당국은 배가 고속으로 무리하게 급회전한 것이 사고의 주요 원인이라고 말한다. 이익을 극대화하기 위해 과적한 화물이 한쪽으로 쏠리면서 그 무게 때문에 결국 전복되었다고.

'제자리에 있으라'는 선내 방송이 그녀 머릿속에서 무한 연속 재생된다. 분노가 끓고, 피가 끓는다. '탈출하라'는 말 한마디만 했더라면, 304명이 죽는 게 아니고 물에 '젖을' 일이었다.

영상 목록에 진도에서 본 듯한 낯익은 한 엄마의 얼굴이 있다.

"세월호 희생자 부모들의 캐나다 순방 전 인사"

영상을 클릭한다.

그 엄마의 인터뷰로 영상이 시작된다.

"'엄마'는 저희 아이들이 태어나서 말한 첫 마디이자 침몰하는 여객선에서 한 마지막 말이었습니다. 저희는 아이들을 가슴에 묻고 밤낮으로 전국 구석구석을 방문하고 있습니다. 언론은 처음부터 거짓 보도를 하고 상황을 왜곡하며 피해자 가족들을 고립시켰습니다. 그래서 저희는 서명을 받고 청원을 하며 국회의사당 앞에서 시위를 하고, 광화문 광장에서 단식 투쟁을 하고, 안산에서 팽목항까지 20일간의 도보 행진을 하고, 그리고 이렇게 비극 뒤에 숨겨진 진실을 밝히기 위해 간담회를 열고 있습니다. 피해자 가족인 저희는 아무런 힘이 없으며 한국과 전 세계의 사람들로부터 힘을 얻고자 합니다. 저희 이야기를 널리 퍼뜨려 주세요. 저희가 직접 방문하여 사실을 알려 드리겠습니다."

몇 달 전 게시된 글에 댓글이 세 개이다. 비극이 어느 만큼 커야 세계가 다 같이 슬퍼할지 모르겠다.

미국 같은 강대국에서 일어났으면 달랐을까? 강남 학교였다면 다 구조되었을까?

극도로 치닫는 정신적 고통에 아무리 발악을 해도 죽지 않는 인간의 이 신비로운 생명력이 놀랍다. 언젠가는 결국 해독될 수 없는 맹독이 은 밀히, 서서히 퍼져 죽음에 이르게 될까? 실제로 많은 부모들이 매일 약물과 술에 의존하고 있고 암을 포함한 여러 질병에 걸리고 있다. 어떤 부모들은 아이를 보려고 자살 시도를 하기도 했다. 최근, 한 부모가 성공했다고 한다.

"우리 다 같이 미나한테 가요, 가자!"

엄마도 한때 이 세상을 떠나자고 울부짖었다.

윤영이 그런 엄마를 잡고 울며 말했다.

"할머니, 할아버지는 그럼 손녀도 잃고 자식도 잃는 건데?"

엄마를 설득할 수 있는 그녀의 최선의 말이었다.

떨리는 숨을 깊게 들이쉬며 언니의 유튜브 아이디를 클릭한다.

맨 위에 "선생님"이라는 폴더가 있다. 학생들에게 보여줄 영상들을 담아 놓은 듯하다. 페이지를 아래로 내리니, 언니는... 학생들이 환경 문제에 대해 고민하고, 누구나 행복할 수 있다는 것을 알고, 어떤 일이든 효율적으로 하기를 바란 것 같다. 그들이 매우 좋아할 만한 스포츠 속 감동적인 승리의 순간들을 담은 영상들도 여러 개 있다. 윤영은 이런 것들에도 언니의 교육적 의도가 내포되어 있음을 안다. 희망을 잃지 말고 즐겁게 도전하며 살자고 언니가 말하는 것이다.

"마음"이라는 폴더도 있다. "법륜 스님의 즉문즉설" 영상이 많다. 살아가면서 마주하는 모든 주제에 대해 불교적 관점에서 명쾌한 답을 주는 스님이라고 한다.

"죽음을 어떻게 받아들여야 하나요?"

영상의 제목을 보자 마치 큰 돌덩이가 날아와 가슴에 박히는 것 같다.

수가 죽은 것 때문에??

언니의 괴로움이 윤영에게 고스란히 전해진다. 힘들게 영상을 재생한다.

10대 소녀가 마이크를 들었다.

"직접 뵙게 되다니 믿기지가 않아요. 엄마가 유튜브에서 스님 영상 보시는 걸 자주 봤어요. 저희 동네에 와 주셔서 감사합니다."

"안녕하세요."

스님이 따뜻한 미소를 지었다.

"저는,"

긴장한 그녀가 목소리를 가다듬는다.

"언니가, 작년에 죽었어요. 언니에 대한 생각으로 많이 힘든데 어떻게 극복해야 할지 모르겠어요."

순간 현기증이 인다. 서둘러 영상을 멈춘다. 저 소녀가 윤영의 마음속에 있는 말을 그대로 읊은 게 아닌가. 마치 언니가 이 미래를 미리 알고 윤영을 위해 준비해 둔 영상 같다. 마음이 혼란스럽다. 이걸 보면서 언니는 어떤 심정이었을지, 또 자신은 어떻게 같은 이유로 지금 이걸 보고 있는지 납득 할 수가 없다. 감각 없는 얼굴을 세게 문지른다. 영상을 다시 재생하는 데 시간이 좀 걸린다.

"먼저, 언니의 죽음에 대해 유감입니다. 저 학생에게 격려의 박수를 부탁드립니다."

스님의 말대로 객석의 사람들이 진심 어린 박수를 보낸다.

"우리가 친구랑 만나서 헤어질 때 인사를 하지요. 근데 친구 손을 못 놓고 울면서 '보고 싶을 건데 어떡해.'라고 하면 친구가 갈 수 있나요, 아니면 친구가 주저합니까?"

"주저해요."

"친구가 갈 수가 없지요. 슬프고 그리운 마음으로 힘든 시간을 보내고 있다는 것은 충분히 이해합니다. 그런데 지금 계속 언니를 불러도, 언니의 영혼은 살아있다고 해도 육신은 없기 때문에 올 수가 없어요."

윤영의 가슴 저 밑바닥에서 뜨거운 무언가가 올라와 목에 걸린다.

"불교적 관점에서 보면 다른 몸으로 환생을 해야 되는 거고, 기독교적 관점에서 보면 천국에 가야 되겠죠. 언니가 거기서 잘 살아야 될까요, 귀신이 돼서 떠돌아다녀야 될까요?"

"잘 살아야 돼요."

소녀가 답했다.

"그래요. 그런데 계속 부르면 무주고혼, 외로운 영혼이 됩니다. 그녀를 괴롭히면 돼요, 안 돼요?"

"안 돼요...."

"언니를 가게 해주세요. 친구와 헤어질 때 친구가 뒤를 돌아보면 뭐라고 이야기해요? '가, 어서 가.'라고 말하죠. 언니가 천국에 가기를 원해요?"

"네."

"그럼 언니 손을 놓아주세요. 언니에게 작별 인사를 하는 것이 언니에게 좋아요."

소녀가 한숨을 쉬었다.

"이 자리에서 언니에게 작별 인사를 해 주세요. 따라 하세요. '잘 가, 언니.'"

소녀가 머뭇거리다가 곧 시키는 대로 했다.

"잘 가, 언니."

"정말 진심인지 알 수가 없네요."

스님이 미소 짓는다.

"마음에서 우러나서 작별 인사를 해야죠."

"어떻게 해야 하는지 모르겠어요."

모두 소녀가 다시 말해 보기를 기다렸다.

부끄러워하며 그녀가 다시 시도했다.

"잘 가, 언니!"

"그렇게 해서는 안 돼."

스님이 빙그레 웃었다.

"작별 인사는 하는데 여전히 '돌아와, 너 없으면 어떻게 살아.' 이러는데."

그가 소녀의 흐느끼는 말투를 흉내 냈다.

"'안녕, 언니!' 나처럼 이렇게 가벼운 마음으로 분명하게 말하세요. 언니가 좋은 곳으로 가는데 왜 가지 못하게 하나요?"

"안녕, 언니."

소녀가 아까보다 조금 더 힘을 줘 말했다.

"이번엔 진심이었나요?"

"모르겠어요. 꼭 여기서 해야 돼요?"

"물론이죠. 여기서 하더라도 집에 가면 다시 언니를 찾을 건데. 여기서도 할 수 없다면 못하는 거지."

스님이 소녀에게 잠시 시간을 준다.

"언니 손 계속 잡고 있을 건가요? 아니면 언니를 위해 놓아줄 건가요?"

"언니... 안녕."

소녀가 재빨리 다시 한번 큰 소리로 말한다.

"안녕, 언니."

"억지로 말하고 있는데."

사람들이 웃었다.

"언니, 가라고!"

그녀의 힘찬 인사 끝에 짧은 흐느낌이 새어 나왔다.

"마지막에 살짝 웃으면서 말할 수 있어야지."

스님이 약간의 장난기도 있는 것 같다.

"언니, 잘 가."

소녀는 어떻게 말해야 할지 여전히 확신이 안 서는 표정이다.

"휴, 어떻게 언니를 그만 잡아당길래?"

"언니,"

소녀가 한숨을 짧게 쉬고 이어갔다.

"가! 잘 가, 언니!"

그녀가 소리쳤다.

스님이 사람들과 함께 웃었다.

"언니를 정말 안 좋아하나 보네. 예전에 언니가 많이 괴롭혔어요?"

"아니요."

"그래서 지금 언니를 괴롭히고 있는 거 아니에요? 언니가 당신에게 잘 해줬으면 당신도 언니에게 잘해줘야지."

"언니, 정말, 안녕."

사람들이 소녀의 용기에 그만하면 됐다고 큰 박수를 보낸다.

"마지막에 높은 톤으로 말했으면 더 좋았을 텐데."

스님이 아쉬워했다.

"아직 반도 안 온 것 같군요."

스님의 말에 사람들이 고개를 끄덕인다.

"지금 할 수 있는 일은 언니를 천국에 보내는 거예요. 계속 슬퍼하고 언니를 놓지 않으면 언니가 떠날 수가 없어요. 슬픔과 분리되고 나서는 언니에 대해 생각해도 좋아요. 언니를 기억하는 것과 그리워하는 것은 별개입니다. 기억하는 것은 괜찮지만 그리워해서는 안 돼요."

"그렇게 하는 게 너무 어려워요."

"그렇게 하지 않으면 언니도 떠날 수 없고, 당신도 살 수가 없어요. 그러면 엄마가 더 슬퍼지겠죠? 언니를 잃은 당신과 딸을 잃은 엄마 중 누가 더 슬플 것 같나요? 엄마한테 '엄마, 언니 좋은 데 가게 하자!' 하고 말할 수 있어야 하는데, 그렇게 우울해하고 매일 울면 엄마는 딸을 하나 더 잃는 거겠죠?"

소녀가 고개를 끄덕였다.

"오늘부터 언니를 위해서 기도하세요."

다시 한번 끄덕였다.

"감사합니다."

허공에 멎은 윤영의 눈동자.

세상도 조용히 멎어 있다.

생일

이제 윤영도 언니처럼 꿈을 자주 꾼다. 얼마 전 꿈에선 길가에서 혼자 우는 어린 소녀를 만났다. 윤영이 가까이 가서 "왜 우니?" 하며 아이를 봤는데, 놀랍게도 그 아이는 어릴 적 언니였다. 윤영은 언니를 덥석 끌어안았다. 울지 말라고 하는데도 언니는 말없이 계속 울기만 했다. 눈을 떠보니 베개가 눈물로 축축했다. 꿈에서 깨고 난 후에도 윤영은 한참 동안 울음을 그칠 수가 없었다.

엄마도 가끔 꿈에 나온다. 잔영이 사라지지 않는, 다 너무나 생생한 꿈들이다. 어떤 꿈에선 엄마가 언니의 지문이 지워진다며 집안 물건들을 하나도 못 만지게 가족들에게 소리를 지르고, 또 어떤 꿈에선 목을 맨 채 축 늘어져 있는 엄마를 발견한 윤영이, "엄마! 이러면 안 돼!" 하고 울부짖으며 무거워진 그녀를 안고 들어 올리려 한다. 현실이 될까 두려운 일들이 계속 꿈에 나오는 듯했다.

최근 계속되던 턱 통증의 원인이 자는 동안 이를 꽉 물어서임을 알게 됐다. 자도, 깨도 악몽이다.

오전 6시, 평소보다 몇 시간 일찍 알람이 울린다. 오늘은 언니의 서른 번째 생일이다. 윤영은 며칠 전 인터넷에서 배운 미역국을 직접 만들려고 한다. 어제 미리 만들어 놓았으면 아침이 한결 여유로웠겠지만, 윤영본인이 가족들과 달리 갓 조리된 음식이 아니면 잘 먹고 싶어 하질 않아 한다. 이제야 언니를 위해 뭘 하겠다고 하는 자신의 모습이 씁쓸하다.

마른미역을 물에 담근다.

"엄마, 나 왜 어렸을 때 내 앞에 투명 호스로 미역이 지나가는 걸 본 거 같지? 병원 침대에 누워 있었던 것 같은데, 꿈이었나?"

언니가 의아해했다.

"어머, 그게 기억이 나니?"

"응? 진짜였어?"

언니 눈이 휘둥그레졌다.

"그날, 네가 저녁에 혼자 앉아서 미역부각을 많이 주워 먹었나 봐. 네가 '엄마, 나 입에서 미역이 나올 것 같아.' 그러더라고."

"아, 웃겨! 물을 많이 마셨나 보네. 미역 말린 건 물에서 한 열 배로 불지 않나?"

윤영이 어깨를 들썩이며 웃었다.

"난 내가 워낙 이상한 꿈을 많이 꾸니까 꿈인가 했지."

"내가 놀래 가지고 너 바로 병원 데리고 가서, 거기서 너 장 비운다고 호스를 넣은 건데 그걸 어떻게 기억하니? 너 그럼 동전 삼킨 것도 기억해?"

"기억나! 엄마가 내 목구멍에 손가락 넣고, 나 거꾸로 세워서 등 때리고."

"기억하네! 내가 얼마나 놀랬는지 아니! 너 그때 어떻게 됐으면 엄마 여기 지금 이렇게 살아있지도 않을 거다."

마지막으로 소금으로 간을 맞추고, 완성된 국을 보온병에 담는다. 이제 케이크만 사면 된다. 언니의 생일 케이크를 마지막으로 산 게 언젠지 기억도 안 난다. "케이크 사 줄까?" 하고 물으면 언니는 "아냐, 케이크랑 꽃이 제일 돈 아까워."라고 말했었다. 그런 말은 잘도 들었다.

선물을 담은 종이가방 옆에 보온병을 놓는다. 언니 선물로는 도트 무늬의 원피스를 샀다. 뭘 살지 고민할 필요가 없었다. 언젠가 언니가 옷장의 옷을 훑어보며 했던 말을 잊지 않았다.

"줄무늬, 꽃무늬, 기하학 있고, 이제 땡땡이만 있으면 다 있어."
"땡땡이는 너무 애 같지 않아?"
윤영이 물었다.
"무슨 소리야, 나이에 상관없이 입는 게 땡땡이인데. 근데 가장 민감한 무늬야. 땡땡이 사이즈가 너무 작으면 나이 들어보이고, 너무 크면 옷 못 입는 애들같이 안쓰러워."

언니는 그녀만의 패션 철학이 있었다. 그녀는 호피 무늬 옷은 절대 입지 않았다. 관심받고 싶어서 안달이 났거나, 아니면 <플린스톤>에서 갓 튀어나온 원시인 같아 보인다고 했다.

적당한 크기의 도트 옷을 고른 것 같다. 백화점에서 사서 가격은 마음에 안 들어 할 수 있지만. 언니는 물건마다 자신이 정해둔 가격 기준이 있었다. 웬만하면 옷은 10만 원 미만이었고 귀걸이는 만원도 넘지 않았다. 지하상가에 가면 "귀걸이 무조건 5천 원"이라고 써붙인 곳이 많다고 했다. 언니가 그날 산 물건들을 엄마와 윤영 앞에 펼쳐놓으며 얼마 줬는지 맞춰보라고 하면, 언니가 실망하지 않게 일부러 낮은 가격을 불러도, 언니는 더 낮은 가격을 불렀다. 흡족한 미소를 지으면서. 물건을 싸게 사는 그녀만의 노하우도 일러줬다. 가게 주인에게 바로 '얼마예요?'라고 묻지 않고, '현금으로 얼마예요?'라고 물어야 시작 가격이 낮아진다는 거였다. 가게 주인은 카드 수수료와 세금 때문에 현금이 더 반가우니 말이다. 그런데 언니는 서로 상반된 면을 동시에 지닌 묘한 성격의 소유자였다. 장사가 좀 안되는 가게에 가면 달라는 금액을 묻지도 않고 바로 현금으로 건넸다. 그녀도 카드 캐시백이나 연말정산으로 혜택을 볼 수 있는데 말이다.

집 현관문을 열자 매서운 찬바람이 윤영의 뺨을 감싸 쥔다. 양 손목에 짐을 하나씩 걸고 지호에게 아빠와 진도에 다녀오겠다는 문자를 보낸다. 며칠 후 수능이 있어 그에겐 같이 가자는 말을 하지 않았다. 아빠처럼, 바로 대답을 하는 성격도 아닐뿐더러 어차피 혼자 말없이 자유롭게 드나드는 것 같았다.

"다 챙겼어?"

아빠가 묻는다.

그가 히터를 미리 틀어놔 차 안이 따뜻하다. 윤영이 뒷좌석에 짐들을 고정한다.

"응, 가다가 케이크만 사면 돼요."

힘껏 올라간 연료 계기판 바늘이 그가 오늘 긴 여행에 잘 대비했음을 일러준다.

그들의 차가 빵집을 찾아 동네를 배회한다. 주말 아침 이른 시간이라 그런지 거리에 사람이 없다. 가끔 갔던 빵집을 가니 그 자리에 어느새 유명 편의점이 들어서 있다. 그래도 운 좋게 멀리 가지 않아 최근 생긴 듯한 빵집을 발견한다.

"빨리 갔다 올게요."

윤영이 빵집 문을 열고 들어선다. 찬바람도 뒤따라 들어온다.

"어서 오세요."

윤영이 고개를 살짝 끄덕이며 냉장 진열대로 간다. 화려한 장식을 단 케이크들엔 눈길도 주지 않고 티라미수 케이크를 가리킨다.

"이거 주세요."

"제일 잘 나가는 건데 어떻게 아셨어요?"

윤영이 무례해 보이지 않으려 살짝 미소를 짓는다. 입꼬리가 제대로 올라갔는지는 모르겠지만.

"초는 몇 개 드릴까요?"

"서른 개 주세요."

"어머, 좋은 나이네요. 저도 그 나이면 좋겠네요. 친구예요, 언니예요?"

주인이 초를 세며 예상치 못한 질문을 던진다.

순간 입술이 뻣뻣해진다. 너무 친절하지는 않으면 좋겠다.

"폭죽도 드릴까요?"

"괜찮아요."

폭죽이라는 단어가 쓰다.

케이크를 받아 들고 상황이 예측 가능한 곳으로 돌아간다. 가족이 제일 안전하다.

"뭐 샀니?"

"티라미수. 언니가 제일 좋아하는 거예요. 커피 케이크 같은 거예요."

티라미수를 처음 들어봤을 아빠에게 미리 설명하며 뒷좌석에 케이크를 잘 고정한다.

고속도로에 들어서자 아빠가 속도를 올린다.

"윤영아, 토요일 아침에 이렇게 한산한 고속도로 본 적 있냐? 세상이 우리 간다고 길을 터주네."

그가 윤영을 보고 미소 짓는다.

"언니가 우리 빨리 보고 싶은가 봐...."

그녀도 뻥 뚫린 도로가 신기하다.

"미나가 오늘 생일날 나오면 정말 기적이겠다, 그치?"

그가 윤영을 본다.

"미나야, 언제 우리한테 올래? 아빠한테 서운한 일 있으면 다 용서해

주고 나와줘라."

평소 과묵한 아빠가 말을 계속 이어가는 게 사뭇 낯설다.

그의 얼굴을 슬며시 바라본다. 고층 빌딩이 순간적으로 햇빛을 가리자 그의 눈 밑에 컴컴한 그림자가 드리운다. 그의 광대뼈가 전보다 더 돌출되어 있다.

그도 그만하면 이제 좀 편안한 삶을 누릴 때였다. 참 열심히, 힘들게도 살았다. 그는 너무 이른 나이에 가장의 무게를 짊어져야 했다. 살날이 얼마 남지 않은 할아버지에게 하루빨리 손자를 안겨 드려야 했기에 그는 대학생 신분에 서둘러 결혼을 했다. 장학금을 받고 아르바이트도 했지만 형편은 여전히 어려워, 수가 태어날 때까지 가족은 월세 단칸방에서 근근이 살아갔다. 아빠의 몸은 아직도 그때 그 시절을 기억하는지, 새벽 5시만 되면 눈을 뜬다.

엄마의 삶도 고단했다. 그녀에게 신혼 생활이라는 건 없었다. 집안일을 다 마치고 나면 늘 아빠가 학교 갈 때 주고 가는 10페이지 분량의 영어 단어의 뜻을 찾아 놓느라 바빴고, 언니가 아빠 책상 위에 올라가 책을 찢기라도 하는 날에는 애를 제대로 안 봤다고 혼나기까지 했다. 엄마가 시집올 때 가져온 패물들은 아빠의 등록금을 마련하기 위해 모두 내다 팔아, 결국 실반지 하나조차도 남지 않게 되었다. 마트 식당에서 퇴근해 집에 돌아오면, 붙일 인형 눈알들이 한 바구니 가득 그녀를 기다리고 있었다. 어렸던 언니는 매일 엄마만 혼자서 재미있는 것을 다 한다며 입을 삐쭉댔다고 한다. 윤영은 엄마가 그 부업을 그만둔 후에 태어나서 얘기만 들었다.

신이 존재할 리 없어.

머릿속을 떠도는 '왜?' '어떻게?'가 또 그녀를 분노의 화마 속으로 끌고 간다.

언니가 무자비한 세상에 대해 경고한 적이 있었다. 아빠는 돈만 낭비한다는 가족들의 핀잔에도 불구하고 매주 로또를 샀었다. 그들은 로또 살 돈만 모았어도 지금쯤 꽤 큰 돈이 됐을 거라고 했지만, 그는 어차피 좋은 일에 쓰인다며 꾸준히 샀다.

"로또 산 것 좀 보자."

어느 날 회사 세미나를 마치고 돌아온 아빠가 엄마에게 말했다.

"안 샀어요."

엄마가 평소 전혀 하지 않던 대답을 했다. 그녀는 늘 아빠가 하라는 대로 하는 순종적인 아내였다.

"어차피 안 되는데 뭐 하러 사요?"

일주일 전 아빠는 로또 5등에 당첨됐었다. 2박 3일 세미나를 떠나기 전 그는 엄마에게 당첨금 5,000원 대신 새 로또로 교환해 두라며 예상 번호를 색칠한 로또 용지를 주었었다.

"안 샀어??"

생각지도 못한 엄마의 대답에 아빠가 당황하더니 그녀에게 컴퓨터로 당첨 번호를 확인해 보라고 했다. 마치 무슨 일이 일어날지 알고 있는 사람처럼.

몇 분 후, 안방으로 돌아오는 엄마의 표정이 어리둥절했다.

"숫자가 전부 맞는데??"

순간 아빠와 언니의 얼굴이 벌겋게 달아올랐다. 엄마가 숫자가 '전부' 맞다고 했다.

언니는 바로 앞 침대에 몸을 던졌다. 하필이면 언니가 얼굴을 파묻은 베개 위에는 법원에서 날아온 대출 상환 독촉장이 놓여 있었다. 베개가 언니의 입을 틀어막아 그녀의 서러운 울음소리를 간신히 막았다. 아빠가 엄마에게 번호가 한 줄에 하나씩 맞아야 해서 이건 무효라는 말도 안 되는 거짓말을 하는 소리가 들렸다. 놀랍게도 엄마는 어리둥절해하면서도 그 말을 믿는 듯했다. 언니는 엄마가 참 미웠다고 한다. 원망이 치밀었다고 한다. 그때 상금은 18억, 그들의 삶을 180도 뒤집을 수 있는, 일생일대에 다시 오지 않을 기회였다. 빚을 다 갚고 처음으로 '우리 집'이라는 것을 가질 수 있는 기회였다.

이 잔인한 이벤트가 있고 나서 언니는 그 주에 있던 교원 면접을 준비하는 데 상당한 어려움을 겪었다. 그러던 어느 날, 언니는 아빠에게 상담 신청을 했다. 어떻게 그런 일을 겪고도 그가 아무렇지 않게 지낼 수 있는지 물었다.

"그 돈은 우리 돈이 아니었나 보지. 살면서 얼마나 많은 일이 일어나냐. 그중에 돈 잃는 게 가장 작은 걸 잃는 거야. 네 엄마가 그 로또 바꾸러 가다 빙판길에 미끄러져서 머리라도 다쳤으면 어쩔 뻔했어."

언니는 할 말을 잃었다. 원통해서 눈물만 났다.

그때 갑자기 엄마가 방문을 열었다.

"요즘 둘이서 자꾸 무슨 얘길 하는 거야?"

"아무것도 아니야."

아빠가 또 거짓말을 했다.

"미나가 학교 면접 때문에 많이 긴장되나 봐."

언니는 아무 말도 하지 않았다. 엄마를 향한 화가 아직 가시질 않았다. 가실 것 같지도 않았다.

며칠째 집안에 감도는 묘한 분위기에 엄마는 결국 교환하지 않은 로또 용지를 들고 동네 복권방을 찾았다. 가게 주인은 번호를 보더니 지난주 1등 당첨 번호였다는 청천벽력과 같은 소식을 엄마에게 전했다. 그날 밤, 지호와 윤영은 엄마가 왜 캄캄한 부엌에서 혼자 소주를 마시고 있는지 언니에게 물었고 그렇게 모두가 가족의 비극에 대해 알게 되었다. 2012년 크리스마스 때 이야기이다. 사람들은 말한다, 로또 1등에 당첨될 확률은 번개를 '두 번' 맞을 확률보다 낮다고. 신은 어차피 그들에게 주지도 않을 거면서 왜 그렇게 희박한 확률은 뚫게 한 것인가.

세상의 일은 다 이유가 있어서 일어난다고 한다. 하지만 그 일 그리고 언니를 둘이나 잃은 일에는 대체 무슨 이유가 있는 건지, 수만 번을 생각해도 이유를 못 찾겠다.

강 위로 육교가 보인다. 돌연 공포가 윤영을 덮친다. 아스팔트, 물... 눈에 나란히 들어오는 이 둘, 다른 게 있는가? 아주 얕은 숨조차 허락치 않는, 손에 잡히지도 않는, 빈틈없이 꽉 찬 묵직한 액.... 언니가 겪었을 고통이 다시금 생생히 떠올라 온몸의 장기가 뒤집히는 것 같다. 언니가 부글거리는 공기 방울 속에서 몸부림치는 모습이 눈앞에서 사라지질 않는다.

"윤영아, 괜찮아?"

방금 자신이 무슨 소리라도 낸 것일까?

"어...."

숨을 깊게 들이마신다. 이 사치스러운 숨.

그녀의 모든 신경과 정신을 마비시켜 버리는 약이 있으면 좋겠다. 어느 순간에 뭐가 갑자기 튀어나와 그녀의 심장을 또 잔인하게 난도질할지 무섭다. 아무것도 느낄 수가 없으면 좋겠다.

"엄마한테 우리 가고 있다고 문자 보내."

윤영이 완성한 메시지 뒤에 하트를 붙인다.

엄마가 언니 없이는 진도를 안 떠난다고 하면 어떡하지? 언니를 따라가겠다고 하면?

생각의 고리가 끊어지질 않는다.

그만!!

생각이 현실이 된다고 했다.

진도에 끝까지 남는 가족이 되는, 무심코 스치듯 한 상상이 현실이 돼버리지 않았는가. 그녀의 가족은 사랑하는 이를 잃고 아직도 찾지 못한 아홉 가족 중 하나다.

창밖의 텅 빈 세상을 바라본다. 언니가 태어났을 때 눈이 많이 내렸다고 한다. 눈이라도 와서 언니를 덮어주기를 바라는 순간, 바로 깨닫는다. 눈은 물에 닿자마자 사라진다는 걸. 이런 비정상적인 생각들은 아마도 영원히 그녀와 함께 할 것 같다.

"화장실 안 가도 돼?"

휴게소 표지판이 보이자 아빠가 묻는다.

출발한 지 두 시간이 지나 있다.

"잠깐 쉬었다 가요."

그가 차선을 바꾼다.

"너 뭐라도 먹어야 되지 않아? 점심시간 거의 다 됐는데."

그가 마치 자신은 먹을 필요가 없다는 듯 말한다.

"뭐 하나 사서 가면서 먹어요."

"그래, 그러자."

윤영이 아빠가 가장 좋아하는 휴게소 음식, 호두과자를 산다.

"아빠, 오징어도 드실래요?"

그가 손을 젓는다. 오징어는 아빠가 장거리 운전을 할 때 졸음을 쫓기 위해 꼭 사는 간식이다. 언니는 아빠 옆자리에 앉아 그걸 찢어 그의 입에 넣어 주곤 했다. 그래도 그가 졸음에 겨운 얼굴을 하면 언니는 얼른 창문을 내렸다 올려 주었다.

차로 돌아와 윤영이 호두과자 봉투를 찢어 그녀와 아빠 사이에 놓는다.

"갈까?"

"아빠 괜찮아요? 피곤하면 잠깐 쉬었다 가요."

"아냐, 난 괜찮아. 이제 쉬지 말고 바로 가자."

네, 언니한테 가요....

1년 묵은 똑같은 생각들을 몇 시간 더 하고 나니 진도에 도착했다. 그들에게 생지옥이었던 곳. 울부짖는 소리가 아직도 너무나 생생하다.

"빨리요!"

"부탁드릴게요, 제발!"

"제발 우리 애 좀 살려 주세요!!"

"엄마!"

작고 마른 여자에게 다가간다. 아침에 일어나자마자 화장부터 하는 그녀가 삶을 포기한 듯 립스틱조차 바르지 않았다.

"왔어? 다들 밥 먹었어?"

늘 하는 질문으로 가족을 맞이한다.

"응, 휴게소에서 먹었어."

"지호는 잘 있고? 통화 안 한 지 며칠 됐네."

"본인이 알아서 잘하는 애잖아. 걱정 마요."

"엄마가 너네들 못 챙겨 줘서 미안해. 미나가 왜 이리 오래 걸리니?"

그녀 목소리에 힘이 없다. 그래도 아직까지 정신을 잘 붙들고 있어 줘서 감사하다.

"우린 걱정하지 마. 엄마, 이거 발라."

윤영이 그녀 손에 립밤을 쥐여 준다.

"오는 길은 어땠어요?"

엄마가 립밤을 손에 그대로 쥔 채 아빠에게 묻는다.

"차가 하나도 안 막혀서 잘 왔어. 미나가 우리 빨리 보고 싶나 봐."

엄마의 공허한 눈이 금세 젖어 든다.

엄마가 항구에 정박해 있는 배로 그들을 안내한다. 마치 이곳 주민 같다.

팽목항에서 엄마와 친구가 된 한 엄마가 윤영의 가족을 맞이한다. 그녀와 엄마는 이곳에서 '두 엄마'로 불린다. 그녀의 딸은 1반 다은이. 다은이 엄마의 얼굴에도 색이 없다.

"아내 곁에 있어 주셔서 감사해요."

아빠가 말한다.

"그런 말씀하시지 마세요. 미나 어머님 없었으면 전 죽었을지도 몰라요. 우리 딸들이 저희를 단짝으로 만들었네요."

그녀가 엄마의 마른 등을 쓰다듬는다.

"출발할까요?"

선장이 모두가 탑승한 것을 확인하고 배를 천천히 움직인다. 곧 배가 전속력에 다다른다. 바닷바람이 심장을 가른다.

"괜찮겠어?"

엄마가 사고 당일 배에서 쓰러졌던 윤영을 걱정한다.

윤영이 케이크 상자의 손잡이를 꼭 붙들고 고개를 끄덕인다. 언니를 삼킨 굉대한 괴물을 마주하니 심장이 튀어나올 것만 같다. 이 흉측한 괴물, 지평선 너머까지 아가리를 쩍 벌리고 있다. 살아남은 파편 하나조차 떠오르지 않는다. 사고 당일 밤 언니를 찾으러 갔던 칠흑의 지옥이, 지금은 마치 미지의 행성에 깔린 잿빛 지옥 같다. 이 멀고도 험한 길이 언니에게 가는 길이라니, 형언할 수 없는 공포가 그녀 몸을 휘감아 꼼짝도 못 하게 한다.

엄마가 절규한다.

"어떻게 아무 일도 없던 것처럼! 수백 명을 삼키고!!"

심장이 무지근하게 눌린다. 또 기절이라도 할까 겁이 나 숨을 가다듬으며 한쪽 구석으로 간다. 쪼그리고 앉아 입술을 꽉 다문다. 뭉개어 막는 울음에 몸이 들썩인다.

들려오는 통곡 소리, 익숙하다.

바다는 더 의기양양하다. 제 영역에 들어오면 가리지 않고 다 삼켜 버리겠단다.

한참이 지나고 저 멀리 노란 부표가 보인다. 배가 서서히 멈춘다.

언니가 여기 있다. 그녀의 수중 무덤이라고 이렇게 노랗게 표시되어 있다.

"미나야!!"

"다은아!!"

그 거대한 배가 겨우 사람 머리만 한 물체로 대체되었다는 게 믿기지가 않는다.

"내 딸이 어떻게 이 차가운...."

두 엄마의 오열이 쏟아진다.

바다가 뻔뻔스럽게 그들을 빤히 바라본다.

선장이 조용히 눈을 닫는다.

"언니!!"

오랜만에 불러 본다.

다은이 엄마가 옆으로 기우는 엄마를 꼭 안는다.

"매일 못 와서 미안해, 우리 딸!"

아빠의 뺨에 아직도 남아 있는 눈물이 흐른다.

윤영은 이 사고가 있기 전까지 남자가 우는 것을 본 적이 없었다. 더구나 평소 무뚝뚝한 아빠의 얼굴이 고통으로 일그러지는 모습은, 살면서 가장 보기 힘든 장면이었다.

어떻게 언니가 여기 있어?

언니가 여기서 얼마나 외롭고 또 무서울지... 무섭다.

"미나야, 아무 데도 가지 말고 거기 있어! 얼른 꺼내 줄게! 조금만 더 기다려. 엄마를 위해서...."

엄마가 바다에 애원한다.

"윤영이 케이크를 꺼내 초에 불을 켠다. 바람이 끈다. 다시 켜지만 또 끈다. 이 세상이 케이크에 불붙이는 것조차 허락하질 않는다.

"오늘 언니 생일이야. 언니가 제일 좋아하는 티라미수 케잌 사 왔어."

난간 위로 촛불 꺼진 케이크를 든다.

망망대해 작은 배 위에서 불 꺼진 생일 케이크를 앞에 두고 통곡하는 모습이 기이할 만큼 처연하다. '생일 축하해'라는 말을 누구도 할 수 없는, 세상에서 가장 가엾은 생일 파티다.

윤영이 선물을 꺼내 바다에 내민다.

"언니 선물이야, 어때? 마음에 들어? 이제 언니 옷 다 있어...."

윤영이 옷에 얼굴을 파묻는다.

엄마가 쪼그려 앉아 미역국을 그릇에 따른다. 그리고 밥 한 숟갈을 넣고 잘 말더니 갑자기 고개를 푹 떨구며 또 울기 시작한다.

언니가 물에서 나와 엄마를 꼭 껴안아 주는 모습을 상상한다.

엄마가 얼마 후 그릇을 들고 일어선다.

"윤영이가 언니 먹으라고 만든 거야."

그녀가 숟가락으로 국을 떠 바다에 뿌린다.

"먹어, 우리 딸... 집밥이 얼마나 그리울까."

"내년 생일은 따뜻한 거실에서 하자."

아빠의 목소리가 일렁인다.

선장이 조심스럽게 그들에게 다가간다.

"파도가 거세지기 전에 가야 될 것 같아요."

"딸을 여기 두고 어떻게 가요?"

엄마가 서럽게 울부짖는다.

갑자기 굵은 빗방울이 떨어지기 시작한다.

"미나야, 우니? 어어억! 미나가 우리 보고 가지 말라는데?"
통곡 소리가 더 높이 치솟는다.

이야기

 1,091일. 3년여 만에 그 배가 수심 44m 아래서 시뻘건 녹과 온갖 해양
생물을 휘감고 물 밖으로 나왔다.
 언니는 없었다.

 다음 주 언니의 장례가 치러진다. 언니의 빈 관은 안개꽃과 그녀의 물
건들로 채워질 것이다. 미국에서 처음 토이저러스에 갔을 때 아빠가 사
준 연노란 작은 곰 인형, 아이들에게 전달 할 사항이 빼곡히 적혀있는 교
무수첩, 진도에서 그 통탄의 무량억겁을 기록한 아빠의 일기장, 수를 포
함해 모두가 모여 있는, 윤영이 처음 보는 가족사진. 그리고 어제 언니
의 처음이자 마지막 학교 운동장에서 퍼온 흙 한 줌도 목록에 더했다.
 언니와 다른 미수습자 네 명의 유품은 소각되어 추모 공원에 안치될
예정이라고 한다.
 언니의 영정 사진을 고르기 위해 집에서 가져온 사진들을 쭉 펼친다.
수에 대한 슬픔, 죄책감을 감추려 안경을 썼던 모습은 저리 치운다. 앞머
리를 내린 언니의 흔치 않은 모습의 사진을 든다. 언니가 초등학교 2학
년 때의 일이라며 들려준 이야기가 있다. 언니는 앞머리가 자라는 시간

을 견딜 수가 없어, 어느 날 두피에 가위를 바짝 대고 앞머리를 싹둑 잘라버렸다고 한다. 반 아이들은 언니의 까진 이마를 보고 며칠을 배꼽을 잡고 웃었다고.

"엄마가 나 학교 늦었다고 시간 없다고 잘랐어."

언니는 자신이 어쩜 그렇게 창의적이고 대담한 거짓말을 할 수 있었는지 너무 신기하다고 했다. 믿는 아이가 과연 있었는지도 궁금하다고.

언니가 그런 재미있는 이야기를 들려줄 때마다 윤영과 지호는 그녀에게 시트콤 작가를 해 볼 생각이 없는지 물었다. 그렇게 꾸밈없이 폭소를 자아내는 이야기는 라디오에서도 듣기 힘들었다.

언니의 부드러운 긴 머리가 환한 미소를 감싸고 있는 사진을 든다.

"윤영, 나랑 사진관 가자. 점심 사줄게."

"언니 혼자 가. 난 더 잘래."

윤영은 더 깊숙이 침대에 파고들었다.

"교원증 사진 좀 바꿔야겠어. 머리를 하나로 묶어서 꼭 시골에서 올라온 애 같애."

"일부러 그렇게 한 거잖아. 순수한 인상을 주고 싶다며."

"그건 학교 면접 봤을 때고. 머리 풀고 다시 찍어야겠어. 가자, 먹고 싶은 거 사줄게!"

언니가 하자는 것은 늘 꺼렸던 것 같다.

이 사진으로 결정한다. 여자는 무조건 긴 생머리라던 언니가 처음으로 머리에 웨이브를 넣은 날이었다. 굵은 컬을 늘어뜨리고 카메라 앞에서 웃는 모습을 보며 예쁘다고 생각했었다. 물론 언니에게 말하진 않았다.

거울 앞에 서서, 장례식장에서 영정사진을 들 듯 언니의 사진을 가슴에 안는다. 한 걸음 앞으로 가 거울에 나란히 비친 자신과 언니의 얼굴을 가만히 바라본다. 한 집에서 평생을 살았는데도 두 얼굴을 이렇게 가까이 붙여 두고 본 적은 없었던 것 같다. 언니의 눈을 바라보면 바라볼수록 언니가 그녀를 보고 있는 것 같다. 언니가 울고 있는 것처럼 보이는 건 윤영의 눈물 때문일까.

우리 둘 중 누가 이걸 들어야 되면, 언니가 들어야 되는 거 아니야? 언니가,

"언니잖아."

문득 자연스럽게 나온 말. 거추장스러운 짐을 도맡아 질 때마다 언니가 들었던 말.

어떻게 윤영은 언니에게 고맙다는 말 한 번 하지 않았을까? 그때는 그냥 몰랐던 것일까? 지금에서야 때늦은 쓸모없는 눈물을 흘린다.

언니가 가족에게 그녀 육신의 먼지만 한 터럭조차 남기지 않고 사라졌다는 걸 여전히 믿을 수가 없다.

지금 보고 있는 사진 속 언니 모습이 그녀 생의 가장 나이 든 모습이다. 언니는 영원한 스물아홉 살로 남았다.

2년 후면 윤영은 언니와 같은 나이가 될 것이고, 그 후엔 오히려 언니보다 나이가 더 많아질 것이다. 세월과 함께 변하는 자신을 보며 지금쯤

언니는 어떻게 변했을지 많이 궁금해할 것 같다. 그땐, 언니가 동생처럼 느껴질까?

이 과다한 생각, 아픔 속에서 윤영의 남은 삶이 다할 것이다. 언제 그녀의 신경이 조금 둔해질까.

법륜 스님의 말씀이 떠오른다.

"고통스러운 영상을 그만 재생하고, 현재에 집중하라."

코끝에 의식을 집중하여 호흡이 들어오고 나가는 것을 느껴라.

거울을 보며 한번 해 본다.

시간이 좀 걸릴 것 같다.

이제는 코의 흉터가 많이 흐릿해졌다. 코끝 흉터에 손을 대본다. 겨우 네 살이었지만 제법 또렷하게 기억난다. 마트 바닥에 수북이 쌓여 있던 파인애플 통조림 더미가 그녀를 덮친 날. 언니가 공포에 질린 얼굴로 "엄마! 엄마!" 하고 소리를 지르며 얼굴이 피범벅이 된 윤영을 잡아당겼다. 그러니까 이 흉터, 언니가 있었다는 증거다.

축축해진 앞머리를 쓸어 올려 머리를 묶는다. 사진을 정리해 두고 아직 자고 있는 엄마와 다은이 엄마를 피해 발소리를 죽여 그들의 임시 보금자리, 컨테이너를 빠져나온다.

텅 빈 거리, 새벽이슬 밟는 소리가 고요히 울린다. 살아남은 것 하나 없이 모든 것이 무너져 버린 세상을 눈을 감고 더듬는 것 같다. 잔잔히 흔들리는 노란 리본들을 가르며 부두를 지나 방파제 끝에 선다.

더 이상 갈 수 없는 이곳. 2년 전 떠난 그들의 이름이 허망한 메아리로 되돌아왔던 곳이다. 유가족들과 함께 이곳에 몇 번 온 적이 있다. 그중 한 번은 그들의 이름이 적힌 풍등을 그들이 끝내 가지 못한 제주도로 날리기 위해서였다. 바람이 강해 풍등이 잘 날아가겠다고들 했다. 실제로 이곳 바람은 너무 강했다. 이곳 주민들은 사고 전까지만 해도 바람이 이렇게 차고 거세진 않았다고 한다. 하늘로 떠오른 등은 처음에는 남쪽으로 순조롭게 잘 날아가는 듯했다. 그러나 몇 분 후 갑자기 바람의 방향이 바뀌면서 일제히 북쪽으로 방향을 틀었다. 윤영은 그날 법륜 스님의 말씀대로 언니에게 작별 인사를 하려 했으나 부모들 중 한 명이 "어떡해! 애들이 집에 가고 싶나 봐!" 하고 오열하는 바람에 실패해 버렸다.

바닥에 책 한 권을 내려놓는다. 그녀의 흐트러지는 마음이 글이 되서, 책이 되었다.

책 귀퉁이에 불을 지핀다. 언니에게 보내는 것이다. 엄마가 언니의 옷을 태우며 언니에게 전할 것이 있으면 이리 하면 된다고 했다.

타닥타닥, 그날이 선명하게 들려온다.

"윤윤, 나 이 옷 며칠만 빌릴게."

언니가 평소 너무 애 같아 보인다고 한 윤영의 후드티를 들고 말했다.

"어디 가?"

"응, 수학여행."

언니가 들뜬 얼굴로 답했다.

"선생으로 가는 수학여행은 재미있기를!"

언니가 덧붙였다.

"학생일 땐 재미없었어?"

"나 땐 초등학교 때부터 경주 말고 딴 데를 간 적이 없어. 여행이 아니고 체험학습이야. 2년마다 불국사가 어떻게 생겼는지 애들이 잊었나 안 잊었나."

"그럼 이제 뭐가 다보탑이고 석가탑인지 알아?"

옆으로 기우는 언니의 얼굴에 멋쩍은 미소가 번졌다.

"어쨌든. 이번에는 경주 말고 딴 데 가나 보네?"

"응! 제주도!"

언니 목소리에서 설렘과 안도감이 동시에 느껴졌다.

"한 번도 가 본 적 없는데. '한국의 하와이'라고 한다며?"

언니가 물었다.

"나도 안 가봤어. 그 정도래?"

언니가 기대 가득한 눈을 반짝이며 고개를 끄덕였다.

"면세점에서 뭐 사고 싶은 거 있어?"

"그걸 왜 지금 물어! 미리 말했으면 생각해 놨지."

"물어보려고 했는데 네가 어제 늦게 들어왔잖아."

언니의 잔소리는 다양한 형태를 띠었다. 그 와중에도 세상이 위험하니 집에 일찍 일찍 들어오라는 잔소리를 했다.

"비행기 타고 가나 봐?"

"아니, 배 타고 가."

"배? 배에는 면세점 없어!"

"어?? 정말?"

"미나야, 필요한 거 다 챙겼니?"

엄마가 김밥을 말며 벌써 네 번째 물었다.

"엄마, 배에 식당이랑 다 있어. 김밥 그만 싸도 돼."

"그럼, 과자랑 과일 좀 가져가. 학생들이랑 동료 선생들이랑 나눠 먹어."

"엄마 정말...."

언니가 엄마에게서 또 하나의 짐 꾸러미를 받았다.

엄마는 '더불어, 함께'하는 것을 좋아했다. 그녀가 즐겨 쓰는 표현이다. 어릴 적부터 윤영과 언니는 시골 할머니 댁에 다녀올 때마다 할머니가 챙겨주신 과일과 음식을 이웃들에게 전하는 심부름을 하느라 바빴다.

"이것도 가져가."

엄마가 언니에게 노란 보따리를 하나 더 주었다.

촌스러운 보자기의 광택에 놀란 언니가 재빨리 종이가방을 찾아 옮겨 담았다. 여행 처음 가는 촌뜨기처럼 보이면 안 될 일이다.

"아빠 어딨어?"

"어제 강릉에 워크숍 가셨잖아. 오늘 저녁에 오실 거야."

"아, 맞다."

"네 아빠는 완전 연예인이시다, 연예인. 함께 저녁 먹은 게 언젠지. 신혼 때나, 지금이나. 너네, 우리가 어떻게 결혼했는지 아니?"

바쁜 아침에도 불구하고 엄마는 또 그 이야기를 시작했다. 벌써 백 번째다.

"너희 할머니 두 분이 약속을 잡아놨다고 해서, 나는 약속을 어기면 안 되니까 약속 지키려고 나갔지. 네 엄마 그런 건 확실하잖아. 다방에서 만났는데, 나는 원래 말이 많으니까 네 아빠한테 계속 말한 건데 네 친할머니가 그걸 보시고는 자기 아들이 여자랑 그렇게 말 많이 하는 거 못 봤다고! 네 아빠는 내 질문에 대답만 한 건데."

엄마는 듣는 사람이 있든 없든 계속했다.

"우리 둘이 아직 차도 다 안 마셨는데, 글쎄 두 할머니들께서 그사이에 우리 둘 궁합 본다고 점쟁이한테 간 거 있지. 집에 왔는데 우리 엄마가 '어떻디?' 하길래 나는 그냥 '괜찮아.'라고 했는데, 그게 내가 네 아빠랑 결혼하겠다고 한 건 줄은 몰랐다. 일주일 후에 네 아빠 차 타고 할머니 집 그 산골짜기에 들어가는데 내가 옆에서 우니까, 자기랑 그렇게 결혼하기 싫으면 집에 가라고...!"

엄마는 몇십 년이 지난 지금도 아빠가 그때 한 말을 여전히 서운해하고 있었다. 또, 그렇게 결혼한 아빠가 맨날 일 때문에 집에 늦게 들어오고 자기랑 놀아주지도 않는다며 항상 불만이었다. 그러면서 늘 딸들에게 그들을 많이 사랑해 주고 잘해주는 사람과 결혼할 것을 강조했다. 그들은 꼭 그러겠다며 장모 데리고 좋은 데도 가고 장모한테 잘하는 사위를 데리고 오겠다고 그녀를 위로했다.

"제주도 잘 갔다 와. 엄마, 나 헬스장 가요."

윤영이 현관으로 향했다.

"헬스장은 언제부터 다녔어?"

언니가 따라왔다.

"며칠 됐어. 트레이너가 웨이트를 해야 살이 찐대."

윤영은 늘 자신의 마른 체구가 못마땅했다.

"내 살 좀 떼줄 수 있으면 좋겠다."

윤영은 언니가 헬스장 가격 등등을 묻기 전에 서둘러 현관을 나섰다.

"화이팅!"

언니 목소리가 현관 밖까지 따라 나왔다.

어느 게 꿈인지 모르겠다. 언니가 있었던 그때인지, 아니면 없는 지금인지.

"어서 와, 다들! 아침 먹자!"

엄마 목소리가 집안에 쩌렁쩌렁 울렸다.

"미나야, 어서 와서 숟가락, 아, 내가 지금 누구랑 얘기하니. 미나 제주도 갔지."

아빠가 잠옷 차림으로 나와 식탁에 앉았다. 엄마가 서둘러 수저를 놓았다.

"미나 빼고 우리끼리만 갈비 먹어서 미안하네."

엄마가 마지막 반찬을 식탁에 올리며 자리에 앉았다.

"미나 지금쯤이면 벌써 제주도 도착했겠네?"

아빠가 물었다.

"아뇨, 배가 늦게 출발해서 이따 정오쯤 도착할 거라고 했어."

"어제 인천에서 저녁 6시에 출발한다고 하지 않았어?"

"응, 근데 안개가 너무 심해서 배가 세 시간이나 늦게 출발했다고 어젯밤에 카톡 왔잖아요. 바다에 배가 하나도 안 보인다고. 가족 대화방 좀 봐요."

"왜 비행기 타고 안 가고? 그럼 한 시간도 안 걸리는데. 요즘 학교들 다 비행기 타고 간다던데."

아빠가 밥을 김에 싸며 말했다.

"비행기는 비싸잖아요. 이 동네 잘 알면서. 우리도 그렇지만."

엄마가 어젯밤 언니가 대화방에 올린 사진과 영상을 아빠에게 보여줬다. 사진 속 갑판 위의 학생들이 밤하늘을 채우는 화려한 불꽃을 올려다보며 환호를 터뜨리고 있다.

"바다에서 하는 불꽃놀이! 나도 아직 본 적이 없네."

엄마가 아빠 들으라고 일부러 하는 말 같았다.

"박미나 선생님 첫 수학여행이네. 이거 가려고 얼마나 고생했나."

아빠가 말하며 뿌듯한 기색을 감추지 못했다.

"생각보다 선생 일을 좋아해서 정말 다행이야. 자기보다 큰 애들을 어떻게 상대할지 걱정이었는데."

엄마가 씨익 웃으며 말했다.

"윤영아, 빨리 와서 밥 먹어! 밥 다 식는다, 뭐 하니?"

"엄마, 나 이 장면 어제 꿈에서 봤어!"

윤영이 놀란 표정으로 부엌으로 들어왔다.

"너 꿈 안 꾸잖아?"

엄마가 물었다.

"응. 근데, 엄마가 꿈에서 날 지금처럼 불렀는데, 내가 언니 팔짱 끼고 나와서 웃으면서, '엄마, 내가 언니 가지 말라고 했어!'라고 했어."

"너도 참. 우리 윤영이가 언니를 그렇게 좋아하는 줄은 몰랐네. 언니가 뭐라고 하든?"

"그냥 웃던데?"

윤영이 어깨를 으쓱했다.

언니 얼굴이 장밋빛으로 물든다.

꽃불이 책 제목 "언니"에 피어난다. 너울너울 흩날리는 꽃불이 어느 여름 저녁, 언니와 윤영의 주위를 돌던 반딧불들 같다. 윤영은 처음 보는 그 빛이 신기해 한참 동안 그걸 두 손에 쥐고 놓질 않았었다. 언니는 미소를 지으며 말했다. "이제 놔줘."

한 장 한 장 넘겨지는 그들의 시간을 먹먹히 바라본다.

마지막 장에 담긴 <네버엔딩 스토리>의 가사가 꽃불에 젖는다.

"그리워하면 언젠간 만나게 되는, 어느 영화와 같은 일들이 이뤄져 가기를...."

좋은 노래를 발견하면 늘 윤영에게 와서 들려주던 언니. 오늘은 윤영이 언니에게 이 노래를 들려주고 싶다. 언니랑 나란히 누워서 같이 듣고 싶다. 언니의 숨소리를 들으며.

멀리 아득한 수평선을 바라본다. 저 너머로 언니가 보일까, 눈을 감는다. 언니는 그녀를 볼 수 있을까? 이제 온 세상을 다 내려다볼 수 있는 그 어떤 다른 존재가 되었을까? 언니가 그토록 그리워하던 수를 다시 만나 기뻐하면 좋겠다. 행복해하면 좋겠다. 윤영에게 그렇게 작은 위로라도 돼주면 좋겠다.

자신이 무너지면 안 된다는 걸 윤영은 잘 알고 있다. 언니는 그녀가 꿋꿋이 가족을 잘 돌보기를 바랄 것이다. 만약 윤영이 무너져 버리면, 언니가 그녀를 안 볼 것만 같다.

두 손을 마른 입술에 모아, 외친다.

"언니! 내가 엄마, 아빠, 지호 잘 챙길게! 언니 걱정 안 하게 할게!"

세상을 향해 외친다.

"우리 언니 이름 기억해! 박미나!"

더 큰 소리로 외친다.

"박수, 박윤영의 언니! 박지호의 누나! 김선혜, 박재진의 큰 딸!"

눈물이 울컥 솟아 그녀의 수척한 뺨을 만진다.

"언니, 세상에서 제일 아름다운 해변으로 가! 언니가 가고 싶어 하던 에메랄드빛 해변!"

부디 언니가 인적 없는 외딴곳으로 쓸려가지 않기를 간절히 기도한다.

"제발... 우리 언니 그런 데로 데려가 줘!"

파도에 자비를 구한다.

목이 메어 언니에게 묻는다.

"다음에도, 내 언니 돼 줄래?"

리본들의 날갯짓 소리가 그녀 귓가에 가득 찬다.

저 멀리 주홍빛 원이, 지평선을 밀어내며 찬란하게 올라온다. 기다렸던 하늘의 품에 안기며, 윤영을 향해 두 팔을 활짝 벌려 끝없이 뻗는다. 언니가 얼마큼 자유로워졌는지 보라고 한다.

무수한 별들이 바다에 고요히 떨어지며 윤영을 안고 토닥인다. 이제 말하라고. 제일 하기 힘든 그 말, 이제 해도 괜찮다고.

윤슬이 그녀 눈에 일렁인다.

윤윤이 손등으로 눈물을 훔치며 입을 연다.

그리고 비로소 그 말을 놓아준다.

"*잘 가, 언니.*"

언니

초판 1쇄 발행 | 2024년 12월 13일

글 · 디자인 | 민정

펴낸곳 | 리브르 북스

이메일 | libre.minjung@gmail.com

가격 | 18,500원

979-11-985651-6-7 03810   ⓒ 2024 민정